당근이세요?

당근이세요?

표명희 소설집

창비
Changbi Publishers

2002 월드컵 개막일! 그날은 아홉 살이 되는 나의 생일이기도 했다. 케이크 모양의 휘황한 불꽃이 밤하늘로 솟아올랐고 환상적인 축하 쇼가 펼쳐졌다. 월드컵 경기장에서였다. 전 세계 사람들의 눈과 귀가 쏠리는 엄청나게 화려한 생일 파티, 아니 개막식이었다. 멋진 월드컵 개막식에 이어 프랑스와 세네갈의 첫 축하 경기 아니, 축구 경기가 있었다. 지난번 월드컵 우승국이었다는 프랑스가 월드컵 본선에 처음 나온 아프리카의 세네갈에 비참하게 졌다.

"정말 이변이야, 이변."

아빠가 해설자의 말을 받아 되풀이했다.

"아빠, 이변이 뭐야?"

내가 물었다.

"있을 수 없는 일이 일어나는 것." 아빠는 설명이 충분치 않다 여겼는지 다시 덧붙였다. "그러니까, 우리 지완이가 엄마 아빠 말을 안 듣고 반항하는 경우, 같은 거랄까."

말끝에 아빠는 어깨를 으쓱해 보였지만 그 속내를 내가 모를 리 없다. 설마 착한 아들 공지완한테서야 그런 '이변'이 있을 수 있겠느냐는 기대를, 한 살 더 먹은 내게 새삼 다짐하는 눈치였다. 월드컵 개막과 함께 시작된 '이변'은 여기저기서 끊이지 않고 일어났다. 축구 경기장뿐만 아니라 우리 집, 이웃집, 아니 온 세상으로 번져 갔다. 나? 물론 나 공지완도 예외일 수는 없다. 내가 세상과 담쌓고 사는 게 아니니까. 아빠의 기대는 그냥 기대일 뿐이다.

나이는 역시 거저먹는 게 아니었다. 어두컴컴한 엄마 뱃속에서의 태교부터 시작해 몬테소리, 프뢰벨을 거치며 샛별유치원과 지금의 성실초등학교 입학까지 훌륭한 교육 프로그램을 누구보다 잘 소화해 온 나는 지금까지 차곡차곡 쌓여 온 그 모든 가르침과 맞짱을 떠야 하는 상황에 처하게 되었다. 오락실 두더지 머리통처럼 정신없이 튀어 오르는 '이변' 때문에 말이다. 지금까지 내가 옳다고 배워 온 것들이 바나나 껍질처럼 내팽개쳐지고 생각이 뒤죽박죽 갈피를 잡을 수 없게 돼 버린 것이다.

"그거? 그런 걸 '정체성의 위기'라고 하는 거야."

형이 불쑥 한마디 던진다.

'정체성의 위기……?' 어디서 많이 들어 본 말이다. 하지만 형의 말을 그대로 믿어서는 안 된다. 나보다 두 살 더 많은 형은 등교 횟수가 월등히 많긴 하지만 '총명함이 등교 횟수에 비례하는 건 아니'라는 사실을 나는 잘 알고 있다. 형은 엄마 뱃속에서의 태교 음악도 젖먹이 시절의 프뢰벨 장난감이나 몬테소리 그림책도 전혀 기억을 못한다. 나는 원래 형하고 두 살 터울이지만 일 년 일찍 입학했기 때문에 한 학년밖에 차이가 안 난다. 그것도 나의 총명함을 증명해 주는 일 아닌가.

"근데 형아, 정체성이 뭐야?"

형은 한동안 눈을 멀뚱거리더니 출출해서 머리가 잘 안 돌아간다며 냉장고 쪽으로 가 버린다. 형은 키가 크고 힘이 더 세다는 것만 빼면 나보다 나은 구석이라곤 없다. '정체성' 어쩌고 하는 말도 엄마 아빠나 선생님한테서 대충 주워들은 말일 것이다.

'정체성의 위기……?' 아무리 되뇌어도 지금의 내 경우에 꼭 들어맞는 말 같지는 않다. 오히려 요즘 인기 끌고 있는「위기의 남자」라는 드라마 제목이 훨씬 더 어울리는 것 같다.

"으이그, 네가 남자냐? 겨우 아홉 살인 주제에? 그냥 '위기의 꼬마'라고 해라. 아니면 '위기의 코흘리개'라고 하든지."

한입 가득 바나나를 우물거리던 형은 바나나 파편과 함께 핀잔을 잔뜩 쏟아 놓는다.

어쨌거나 나는 요즘 월드컵 때문에 '위기의 꼬마'가 되었다. 지금까지 내가 옳다고 생각했던 많은 것들이 '부실 은행'처럼 하루

아침에 퇴출당할 처지에 놓였다. 은행원이었던 옆집 철영이 아빠가 어느 날 갑자기 직장을 잃은 것처럼 말이다. 그깟 축구공 하나 때문에 우리 가족뿐 아니라 온 세상 사람들이 제정신이 아닌 것 같다. 다섯 살 때 형과 같이 놀다가 크리스털 꽃병을 깨뜨린 축구공하고는 확실히 차원이 다르다. 엄마의 보물을 깨뜨린 벌로 그날 형과 나는 삼십 분 동안이나 팔을 들고 서 있어야 했는데, 그 후유증으로 나는 한동안 강시가 되어 헤매는 꿈을 꾸었다. 그런 악몽이 요즘 우리 집을 넘어 온 동네, 온 나라에서 벌어지고 있다. 이번엔 빨간 티를 입은 강시들이다.

평소 얼굴 보기 힘들던 '하숙생' 아빠는 우리나라의 16강 진출이 확정된 다음부터는 집에 있는 시간이 곱절로 늘었다. 퇴근하면 곧바로 집에 와 텔레비전부터 켠다. 세균이 득시글거리는 손도 씻지 않고 넥타이도 끄르지 않은 채. 집에 오면 샤워하고 옷부터 갈아입던 아빠가 단번에 나쁜 버릇이 든 것이다. 아빠는 채널을 한곳에 고정시키고 난 다음 양복저고리를 벗어 소파 옆에 걸쳐 놓는다. "아니, 양복을 여기다 벗어 놓으면 어떡해?" 엄마의 잔소리도 처음 한두 번뿐이었다. 잔소리로 가족의 바른 생활 습관을 이끌던 엄마도 요즘은 아빠 옆에 바싹 붙어 앉아 축구 경기 보느라 정신이 없다. 그뿐이 아니다. 아빠는 손도 씻지 않은 채 깎아 놓은 과일을 덥석덥석 집어먹기도 한다. 아빠가 병에 걸리면 어쩌나 하는 나의 위생 관념은 "괜찮아." 한마디로 금세 무시되고, 아빠는 다시 텔레비전 속으로 빠져든다. 엄마 아빠가 우리에게 늘 강조하던, 텔레비전과의 3미터 간격 유지도 온데간데없다. 아빠는 거실 바닥에 뒹굴며 자정이 넘도록 같은 경기를 반복해서 보기도 한다. 바늘이 가는 곳에 실도 따라간다는 속담처럼 엄마도 마찬가지다. 아빠 옆에서 나란히 사이좋게 뒹군다. 그래서 남들이 엄마 아빠를 '금실' 좋은 부부라 하는 건가…….

엄마 아빠가 처음부터 그렇게 월드컵에 관심이 있었다면 나도 별로 이상하게 생각지 않았을 것이다. 하지만 두 사람은 월드컵이 시작하기 전까지만 해도 전혀 그러지 않았다.

엄마 아빠는 D-100, D-50, D-30……으로 표시되는 월드컵까지 남은 날짜를 헤아려 가는 것부터 못마땅하게 생각했다.

"온 국민이 월드컵을 위해 존재하는 줄 아나 보지."

그럴 때면 아빠는 채널을 딴 데로 돌려 버렸다.

"정치 문화적으로 업그레이드가 안 될 것 같으니 스포츠로 승부하려는 모양이지 뭐, 이 나라는."

초록은 동색이라더니 엄마도 아빠처럼 비아냥댔다.

"하여튼 어느 정권이든 스포츠의 위업 하나만은 확실히 달성하는구만. 88 올림픽으로 난리 치더니 이제 또 월드컵이라니……."

다른 채널에서도 스포츠 뉴스를 하자 아빠는 텔레비전을 꺼 버렸다.

월드컵이 시작되고 응원단의 붉은 물결이 시청이나 광화문을 가득 메울 때도 엄마 아빠의 불평, 아니 비판(형과 내가 투덜거리는 것은 '불평'이고 엄마 아빠가 하는 투덜거림은 '비판'인 거라고 언젠가 아빠가 구분해 준 적 있다.)은 여전했다.

"저런 열정의 반의반만이라도 민주화에 기울였다면 유신이니, 5공 같은 게 있을 수나 있었겠어."

"그러게 말이야. 공 하나에는 저렇게 잘 뭉치면서 정의로운 일 앞에서는 이해관계에 따라 태도가 금방 엇갈리잖아."

하지만 엄마 아빠의 이런 '비판적' 태도는 폴란드와의 경기에서 우리가 월드컵 첫 승을 이루어 내자 조금씩 달라지기 시작했다.

"성완이 아빠, 저 응원 인파 좀 봐. 정말 붉은 물결 일색이네."

"정말. 우리나라 사람들, 이번 기회에 빨간색 콤플렉스는 말끔히 가시겠는걸."

"6월 항쟁 때보다 많은 것 같네. 그때도 시청 앞에 모인 인파가 사상 최대라 했는데…… 이건 그 몇 배네."

"월드컵의 힘이 대단하긴 해."

그날부터 아빠는 퇴근 시간이 빨라졌다. 월드컵 기간 동안 회사 야근도 없다고 했다.

"여보, 이번 기회에 텔레비전 바꾸는 게 어때?"

축구를 보던 엄마가 좋은 생각이 떠올랐다는 듯 한마디 했다. 멀쩡한 텔레비전을 벽걸이형 대형 텔레비전으로 바꾸겠다는 말이었다. 혼수품으로 사 온 냉장고를 아직도 쓰며 환경 지킴이 주부를 당당하게 내세워 왔던 엄마가 말이다.

"월드컵 기념 특별 할인이래. 그것도 30프로나."

엄마는 알뜰 주부의 명예를 끝까지 포기하지 않았다.

"그래, 이 텔레비전은 애들 방에 놓고 교육 방송용으로 쓰면 되지 뭐."

아빠도 엄마의 명예 지킴이 역할을 맡고 나섰다.

그로부터 이틀 만에 우리 집 거실 벽엔 새 텔레비전이 떡하니 들어앉았다. 아빠의 한 달 치 월급이 날아가게 된 것이다.

"10개월 할부라 부담도 없네."

"진작 살 걸 그랬어."

엄마 아빠는 새 텔레비전에 예의라도 갖추듯 더 열심히 축구 경기를 보기 시작했다.

"도대체 이게 얼마 만이야, 이렇게 사람들이 하나의 관심사로 뭉치는 게."

엄마의 목소리에서 감격이 묻어났다. 새 텔레비전 때문인지 텔레비전 속의 사람들 때문인지 잘 구분이 가지 않았다.

"6월 항쟁 때, 시청 앞 데모대가 십만 명이라던가, 그랬지."

"맞아, 그때가 사상 최고라고 했지. 당신은 그때 어디 있었어?"

"나……? 나야 그때 학교 시위대에 끼여 있었겠지."

아빠는 기억을 더듬 듯 말했다.

"나두."

"그걸로 결국 6·29 선언을 이끌어 냈던 거 아냐."

"1987년이었지. 올림픽을 한 해 앞둔……."

엄마 아빠는 386 세대라고 했다. 정확히 그 숫자가 뭘 뜻하는지는 모르겠지만 가운데 숫자인 8은 내가 세상에 나기 훨씬 전인 80년대, 그러니까 20세기였던 그 까마득한 시절에 운동권 대학생이었던 것하고 관계가 있다고 했다. 386이라는 말만 나오면 엄마 아빠는 마치 숫자 놀이라도 하듯 온갖 수들을 늘어놓기 시작한다. 4·19, 5·16, 5·18, 10·26, 6·29, 5공, 6공까지 버스 번호 같은 헷갈리는 숫자들이 끝도 없이 쏟아져 나온다. 그런 얘기를 듣고 있으면 나는 머리가 어질어질할 지경이다. 엄마 아빠가 예전에 살았던 세상은 어느 수학자의 말대로 세상이 온통 수로 이루어져 있었던 모양이다.

"엄마, 나 빨간 티 사 줘."

학교에서 돌아온 형이 어느 날 심각한 목소리로 말했다.

"갑자기, 빨간 티는 왜?"

"요즘 내 친구들 다 빨간 티 입고 다녀. 내가 끼면 꼭 이빨 빠진 것 같단 말야."

"그래……? 그럼 우리도 이번 기회에 빨간 티 한 벌씩 장만하지 뭐. 인터넷에서 싸게 팔던데……."

"와아, 신난다! 엄마, 빨리 신청해!"

"내 빨간 티, 형이 입어."

내가 형의 호들갑에 찬물을 끼얹었다.

"왜 내가 남의 헌 옷을 입어?"

"난 필요 없으니 재활용해야지."

"엄마, 난 지환이 거 안 입어. 그건 붉은색이 아니라 불그죽죽한 색이야. 그거 입으면 붉은 악마가 아니라 불그죽죽한 악마가 된다구. 유사품, 변종 붉은 악마는 싫어!"

엄마에게 어림없다는 투로 말하던 형은 내게 경고라도 하듯 쏘아붙였다.

"지환이 너…… 그러다 친구들한테 왕따 당한다!"

"요샌 내가 개네들 왕따 시키고 있어. 환경 문제가 얼마나 심각한데……."

"녀석, 꼭 노인네 같은 소릴 하고 있네."

엄마가 입을 삐죽거리며 말했다. 일정 금액이 넘어야 배송료를 물지 않는다며 결국 내 것까지 네 장을 주문했다. 엄마는 뭐든 '자신만의 색깔을 갖는 게 중요하다'고 강조해 놓고는 이제 와서 엉뚱한 소리를 한다.

원래 빨간색은 내가 제일 좋아하는 색이었는데 앞으로는 다른 색으로 바꿔야 할 것 같다. 모두가 똑같은 색의 옷을 입은 모습은 생각만 해도 숨이 막힌다. 도무지 개성이니 상상력 같은 건 찾아볼 수 없다. 그게 바로 우리나라 교육의 문제점이라고 맨날 방송에서 떠들어대면서 말이다.

"아니, 성완이 너 오늘 학교 수업 없어?"

어느 날, 형이 책가방 대신 축구공 하나만 달랑 들고 등교하려
하자 엄마가 놀라며 물었다.

"오늘은 운동장 수업만 해, 엄마. 축구 경기도 하고 응원도 하
구. 월드컵을 기념하는 소운동회 같은 거야."

형이 차리고 나선 모양새는 볼만했다. 형은 'Be The Reds!'(아
빠 말로는 '빨갱이가 되자!'라는 뜻이라고 함.)라고 쓰인 빨간 티
를 입고 얼굴 양쪽 뺨에는 태극기 판박이를 하나씩 붙였다. 게다
가 빨간 스카프까지 머리에 둘렀다. 응원단장 같은 차림새를 한
형은 학교에 잘 다녀오겠다는 인사말 대신 "대-한민국" 하고 외
치면서 집을 나섰다.

옷 색깔까지 빨갛게 하나로 맞춰 입은 가족들이 거실에 모여
있으면 꼭 악마의 불길에 둘러싸여 있는 것 같다. 그러면 나는 괜
히 예전의 엄마 아빠처럼 자꾸 '비판적'으로 된다. 사랑하는 가족
들을 악마의 불길에서 반드시 건져 내야 할 것 같은 책임감까지
드는 것이다.

나는 축구라는 게 정말 괜찮은 스포츠인지도 의심스럽다. 할리
우드액션이라는 속임수 같은 것도 그렇지만, 우선 서로 공을 차
지하려고 악다구니 쓰는 경기 모습부터 맘에 안 든다. 땀을 뻘뻘
흘리며 죽기 살기로 남의 공을 빼앗으려 안간힘 쓰는 거나, 이리
저리 발 사이로 공을 빼돌리며 상대방에게 절대로 양보 안 하는

모습을 보노라면 꼭 형과 내가 먹을 걸 두고 다투는 것 같다. "먹을 걸 가지고 그렇게 욕심부릴 거야?" 그럴 때마다 엄마는 우리를 심하게 꾸짖었다. 우리 엄마가 가장 혐오하는 게 '식탐'이다. 언젠가 엄마가 문화센터에 가던 날이었다. 엄마는 일주일에 한 번 문화센터 강좌를 들으러 가는데 그날이 장을 보는 날이기도 하다. 언제나처럼 그날도 냉장고는 텅 비어 있었다. 형과 나는 둘 다 꼬로록거리는 배를 안고 엄마 오기만 기다렸다. 그날따라 엄마는 좀체 오지 않았다. 급기야 나는 베란다를 뒤지다, 검은 비닐봉지에서 버려진 듯 남은 바나나 한 개를 발견했다. 시커먼 꼭지에 달랑 하나 매달려 있는, 날파리까지 맴도는 바나나였지만 그렇게 반가울 수 없었다. 나는 베란다 한쪽 구석에서 조심스럽게 껍질을 벗기고는 익을 대로 익은 바나나를 한입 베어 물었다.

"그거 어디서 났어?" 어떻게 알았는지 형이 다람쥐처럼 출몰해서는 눈을 빛냈다. "저기, 구석에서……. 이게 마지막이야." 나는 혀에 살살 달라붙는 바나나의 맛을 느끼면서 경계의 눈빛을 드러냈다. 의리 같은 건 떠오르지도 않았다. 하지만 대답이 끝나기가 무섭게 형의 억센 손은 내 바나나를 낚아채 가 버렸다. 순간, 입속 바나나가 목에 턱 걸렸다. "내 거야, 내 거란 말야. 내놔!" 나는 고래고래 소리 지르며 형의 뒤를 쫓았다. 형은 나를 따돌리며 다람쥐처럼 재빠르게 식탁 뒤로 방으로 거실로 내달았다. "내 바나나 내놔!" 나는 형을 쫓다가 식탁에 무릎을 부딪히고, 블록을 밟아

넘어지기까지 했다. 형은 나를 요리조리 피해 베란다까지 도망가서는 바나나를 입에 쏙 넣었다. 형의 입속으로 감쪽같이 사라진 바나나에 눈물이 울컥 솟았다. "으앙, 내 바나나!" 이마가 찢긴 것도 모른 채 나는 울음을 터뜨렸다.

"아니, 집 안이 왜 이리 난장판이야!" 엄마는 엉망이 된 거실을 보며 놀랐다. "형이, 내 바나나를 빼앗아 다 먹어 버렸어!" 나는 기다렸다는 듯 형의 못된 행동을 엄마한테 일러바쳤다. "배고파 죽겠는데 어떡해!" 엄마가 노려보자 형은 자신은 아무 잘못도 없다는 투로 되받아쳤다. 엄마는 내 이마의 상처를 보고는 당황하는 눈치였다. "여기도 다쳤단 말야!" 나는 울먹이며 부딪힌 무릎도 보여 주었다. 엄마는 우선 생채기가 난 이마에 약을 발라 주고 나를 달랬다. 그런 다음 형을 꿇어앉혀 놓고 한참이나 혼쭐을 냈다. "남의 것을 빼앗다니…… 게다가 동생 같은 약자의 것을 빼앗는 게 얼마나 비겁하고 나쁜 일인지 알기나 해?" 꾸지람 도중에도 형은 울먹이며 "그럼 배가 고파 죽겠는데 어떡해!"만 되풀이했다. 나는 계속해서 울먹였다. 형을 한참 야단치고 난 엄마는 "조용해! 지완이 너도 잘한 거 하나도 없어!"라며 내게도 따끔하게 쏘아붙였다. 그런 다음 엄마는 우리 모두에게 끔찍한 벌을 내렸다. "너희들 둘 다, 오늘 저녁 국물도 없어!"

굶주린 데다 너무 많이 운 탓인지 나는 저녁 내내 머리가 지끈거렸다. 형도 죽을상이었다. 우리는 엄마 아빠의 식탁을 수시로 흘끔거렸지만, 저녁 식사를 끝낸 엄마 아빠는 매정하게도 식탁을 깨끗이 치워 버렸다. 밤이 깊어도 잠은 안 오고 배만 계속 꼬르륵거릴 뿐이었다. 형과 나는 굶주림에 지쳐 쓰러지기 일보 직전이었다. 그때 엄마가 방문을 열고 나타났다. 엄마는 작은 상을 들고 있었다. 횃불 대신 상을 받쳐 든 자유의 여신상이라도 보는 것 같았다. 헛것이 보이는 게 아닌가 싶었는데 갑자기 터져 나온 형의 울음이 생생한 현실임을 일깨워 주었다. 바보 같이 형은 그 순간 감동인지 원망인지 모를 울음을 터뜨린 것이다. 엄마가 내려놓은 작은 상에는 계란이 씌워지고 빨간 토마토케첩이 리본처럼 둘러진 오므라이스 접시 두 개가 나란히 있었다. 형은 울먹이면서도 숟가락질을 빠르게 해댔다. 눈물과 콧물이 분명 오므라이스 위에 떨어지는 게 보였지만 게 눈 감추듯 해치웠다. 다 먹고 나자 엄마는 물잔을 내게 내밀며 말했다. "지완아, 남에게 뭔가를 나눠 준다는 건 말야…… 바로 그 오므라이스 맛 같은 거야." 내 눈에도 눈물이 핑 돌게 하는 말이었다.

그랬던 엄마가 요새는 우리 선수들이 상대편의 공을 빼앗아 오면 손뼉을 치며 환호한다. 우리 선수가 골을 넣기라도 하면 엄마는 소파에서 벌떡 일어나 아빠와 함께 펄쩍펄쩍 뛰며 애들처럼 좋아한다. 하지만 나는 누군가 골을 넣는 장면을 보면 꼭 형이 내 바나나를 빼앗아 입으로 쏙 집어넣을 때처럼 가슴이 철렁 내려앉는다. 나만이 느끼는 '바나나킥의 슬픔'이라고나 할까.

지난번 16강전 진출이 확정되던 때도 그랬다. 경기가 끝나자 포르투갈 선수 몇몇은 경기장 잔디밭에 주저앉아 눈물을 흘렸다. 비행기 타고 먼 나라까지 와서 졌으니 얼마나 가슴이 아프겠는가. 나도 눈물이 날 것 같았다. 하지만 우리 가족들은 소파에서 벌떡 일어나 환호성을 지르며 야단이었다. "이제 저들은 짐을 싸서 집으로 돌아가야 하는 거죠." 축구 해설자의 목소리는 환희로 가득 차 있었다. "어쨌든 축구야 결과가 말해 주는 것 아닙니까……."

우리나라가 8강에 들었을 때는 아빠까지 뜬금없는 소리를 했다.

"우리 지완이도 나중에 축구 선수 시킬까? 녀석이 말야, 뱃속에서부터 발 차는 힘이 대단했거든."

아빠는 엄마 뱃속 시절까지 내게 떠올렸다.

캄캄한 뱃속에서 8개월째 접어들던 때였다. 여느 오후처럼 나는 엄마와 함께 태교 음악에 취해 있었다. "어디, 우리 딸내미가 얼마나 컸나 한번 만져 볼까?" 갑자기 모차르트의 선율을 방해하는 굵고 꺼끌한 남자 목소리가 들렸다. 제멋대로 딸이라고 착각하는 것도 못마땅했지만 목소리부터 거슬렸다. 나는 낯선 훼방꾼에 머리끝까지 짜증이 치밀어, 세차게 발길질을 해 버렸다. 그 발길질로 아빠는 나의 불쾌한 기분을 느꼈을 텐데도 엉뚱한 소리를 계속했다. "이야, 우리 공주님 발길질 한번 대단하네. 아주 건강한 애가 나올 모양이야." 아빠의 헛된 집착에 순간 웃음이 났다. 하지만 나를 그토록 절실하게 기다리는 누군가가 저쪽 세상에 있다는 사실에 차츰 마음이 가라앉았다. 훗날 바깥세상에서 만난다면 결국 사랑할 수밖에 없을 거라는 깨달음에 나는 조신해졌다. 나는 뻗쳤던 발을 거두어들이며 광명의 그날이 올 때까지 얌전하게 웅크리고 있기로 했다.

"성완아, 냉장고에서 맥주 하나만 꺼내 오너라."

아빠는 속이 타는 듯한 목소리로 형에게 말한다.

4강을 다투는 스페인과 우리나라는 후반전이 끝나도록 0 대 0 동점이다. 연장전을 앞두고 있는 것이다.

"아참, 맥주 다 떨어졌는데……."

중요한 걸 깜빡했다는 듯 엄마가 미안해하며 말한다.

"성완아, 네가 요 앞 가게에 좀 갔다 와야겠다."

"아이 참, 아빠도. 미성년자한테 술 안 파는 거 모르세요?"

"……."

"요즘은 월드컵 기간이라 괜찮아. 그리고 가게 아저씨도 너 잘 알잖니. 엄마가 전화해 놓을게."

엄마가 아빠 편을 든다.

다들 텔레비전 앞에서 꼼짝 않겠다는 듯 한 치의 양보도 찾아볼 수 없는 분위기다.

"아빠, 내가 갔다 올게요."

나밖에 갈 사람이 없다는 걸 깨달은 내가 나섰다.

"그래, 역시 지완이밖에 없어."

"다섯 개 사면 돼. 그러면 돈이 딱 맞을 거야."

엄마는 지갑에서 지폐 한 장을 꺼내 준다.

정말 이변이야. 나는 엘리베이터를 기다리면서 생각한다. 아빠는 지금껏 우리한테 술과 담배 심부름을 시킨 적이 한 번도 없었다.

엘리베이터 문이 열리자 옆집 아줌마가 강아지를 안고 급히 내린다. 강아지 목에 빨간 손수건이 둘러져 있고 머리에도 빨간 리본이 달려 있다.

"안녕하세요."

"어디 가니, 우리 귀여운 지완이?"

나는 옆집 아줌마가 '우리 귀여운 지완이' 하며 사랑스러운 눈길을 던질 때마다 소름이 돋는다. 나를 보는 눈이 꼭 자기네 강아지 들여다보는 눈 같아서다.

"맥주 사러요!"

나는 재빨리 '닫힘' 버튼을 누르며 대답한다.

아파트 단지는 일요일 오전처럼 조용하다. 이따금 창밖으로 쏟아져 나오는 함성만 빼면······.

작은 슈퍼가 있는 아파트 입구까지 와도 마찬가지다. 사람도 차도 별로 눈에 띄질 않는다.

가게에 들어서니 늘 자리를 지키고 앉아 있던 주인아저씨가 없다. 화장실 가셨나? 언제나 켜져 있던 선반 위 작은 텔레비전이 오늘따라 꺼진 채다. 웬일이지? 텔레비전이 꺼져 있던 적도 아저씨가 자리를 비운 적도 한 번도 없었다. 아저씨는 연신 하품을 해 대거나 그렇지 않으면 텔레비전 앞에서 꾸벅꾸벅 졸고 있기 일쑤여서 아이스크림을 골라 돈을 내려고 할 때마다 난처했다.

"손님이 없으니 그렇지." 아저씨는 졸음의 원인이 손님 탓이라고 했다. 사람들이 모두 대형 할인 매장으로 몰려가고 손님이라야 나 같은 코흘리개(사실 나는 코 같은 건 절대 흘리지 않지만) 꼬마들이 불량 식품이나 빙과류 사러 오는 게 고작이라는 것이다. "아니면 대형 마트에서 빠뜨린 것을 사러 오는 정신머리 없는 아줌마들이거나."(아저씨는 말버릇이 고약한 편이다.)

아저씨는 장사가 안 된다고 투덜대면서도 뭔가 새로운 시도를 하려고 하지 않는다. 아침 일찍부터 밤늦게까지 좁은 가게에 틀어박혀 티브이만 보고 있다. 만일 아저씨가 가게를 살리기 위해 나한테 조언을 구해 오면 나는 가게를 전문 매장으로 바꾸라고 권하고 싶다. 일종의 '벤처' 사업이라 할 수 있는 '불량 식품 전문 매장'으로 말이다. 그리고 전 세계 불량 식품을 다 모아 놓는 거다. 세네갈, 포르투갈, 폴란드, 터키, 브라질, 미국, 이탈리아, 스페인……. 월드컵 개최국에서 전 세계의 불량 식품을 몽땅 모아 놓고 '불량 식품 월드컵'도 같이 열면서 어느 나라 불량 식품이 최고인지를 가리는 것이다. 그러면 우리나라는 단번에 16강 안에 들 텐데……. 잘하면 우승국이 될지도 모른다.

나 같은 꼬마들이 불량 식품을 좋아하는 심리를 생각해 볼 때 '불량 식품 전문 매장'은 아빠 말대로 충분히 '경쟁력 있는' 장사다. 맛이나 특이한 모양, 또 값이 싸다는 좋은 점 말고도 불량 식품을 먹을 때는 묘한 재미와 짜릿함이 있다. 아저씨도 그런 어린 시절을 겪으면서 자랐을 텐데 왜 그렇게 간단한 것조차 모를까. 어쨌든 아저씨가 지금처럼 구멍가게식 생각을 버리지 않는 한 평생 텔레비전 앞에서 하품을 하거나 졸고 있을 수밖에 없다는 게 내 판단이다.

아저씨가 오면 오늘은 반드시 그 얘기를 해 드려야겠다. 나의 반짝이는 아이디어가 어쩌면 하루아침에 아저씨를 부자로 만들지도 모른다. 아저씨를 기다리기로 작정한 나는 까치발을 세워 선반대의 텔레비전부터 켠다. 그런 다음 작은 간이 의자를 끌어다 놓고 텔레비전 앞에 앉는다. 연장 전반전이 시작되었다. 팔월의 매미 울음처럼 붉은 물결의 함성이 공을 따라 몰려다닌다. 응원 소리와 이리저리 정신없이 옮겨 다니는 공을 들여다보고 있으니 머리가 어질어질할 지경이다.

한참을 기다려도 아저씨가 오지 않는다. 어쩌면 아저씨는 어느 집의 새로 산 대형 텔레비전 앞에 앉아 있는 게 아닐까. 눈 빠지게 기다리고 있을 엄마 아빠의 얼굴이 떠오른다. 나는 계산대 위에 돈을 올려놓은 다음 까만 비닐봉지를 하나 뽑아 냉장고로 간다. 카스, 하이트, 카프리 등등 맥주도 꽤나 여러 가지다. 어떤 걸로

담을까 잠시 망설이다 나는 평등하게 골고루 담기로 한다. 하나, 둘, 세 번째 맥주를 담고 있는데 누가 들어서는 기척이 들린다. 고개를 돌려 보니 주인아저씨가 아닌 낯선 사람이다. 손님 같다.

"얘, 꼬마야. 캔맥주 두 개만 다오."

아저씨는 내 앞으로 성큼 다가서더니 다급하게 말한다.

"저, 여기 주인 아닌데요."

"그럼, 주인아저씨 오면 좀 전해 드리렴."

아저씨는 천 원짜리 몇 장을 책상 위에 던져 놓고 내 손에서 캔맥주 두 개를 낚아채서는 휑하니 가 버린다.

맥주를 봉지에 다 담고 난 다음, 나는 책상 위에 흩어져 있는 돈들을 잘 간추려 놓는다.

축구는 연장전에서도 여전히 골을 하나도 못 넣고 있다. 0 대 0 동점이다. 그냥 무승부로 하면 될 걸 뭐 하러 힘들게 연장전까지 가면서 기어이 승부를 가리는지 모르겠다. 나는 맥주 봉지를 들고 가게를 나서다가 다시 한번 가게를 돌아본다. 텔레비전 끄는 걸 잊었다. 다시 가게로 들어가 텔레비전을 끄려고 하는데 책상 위의 돈이 눈에 자꾸 달라붙는다. 아무래도 안심이 안 된다. 나는 마음을 바꾸어 축구를 보면서 주인아저씨를 조금만 더 기다려 보기로 한다.

양쪽 다 한 골도 넣지 못한 채 연장 전반전이 끝난다. 선수들이 많이 지친 모양이라고 해설자가 설명을 한다. 정말 선수들이 힘

들어하는 것 같다. 그런데도 휴식도 없이 다시 후반전이 시작된다. 누가 이기든 빨리 경기가 끝나면 좋을 텐데……. 나는 책상 위에 두었던 맥주 봉지를 끌어다 무릎에 올려놓는다. 맥주의 시원한 감촉이 온몸으로 전해 온다. 갑자기 목이 마르다. 냉장고의 콜라를 한번 흘끔거려 본다. 하지만 엄마는 맥주 다섯 개에 딱 맞는 돈이라고 했다. 참아야 한다. 집에 가면 엄마가 수고했다고 얼음 탄 시원한 주스를 줄 것이다.

맥주의 찬 기운이 계속 몸을 타고 전해진다. 나는 안고 있던 봉지를 펼쳐 맥주를 하나하나 들여다본다. 얇은 알루미늄 캔에 물방울이 송송 맺혀 있다. "맥주는 술이 아냐, 음료수지." 축구 볼 때마다 맥주를 마시던 아빠가 말했다. 그중에 가장 물방울이 많이 맺힌 것을 하나 꺼낸다. 깡통 겉면에 맺혀 있던 물방울이 시원하게 손을 적신다. 집게손가락으로 고리를 살짝 당겨 본다. 치잇 소리와 함께 흰 거품이 불쑥 올라온다. 흘릴세라 거품을 쪽 빨아 먹는다. 쌉쌀한 맛이 나긴 하지만 캬― 소리가 절로 날 만큼 시원하다. 다시 하얀 거품이 보글보글 구멍으로 올라온다. 또 한 번 거품을 빨아들이며 한 모금 들이켠다. 캬―.

홀짝, 캬― 홀짝, 캬―.

물 먹고 하늘 한 번 쳐다보는 병아리 같다. 점점 기분이 좋아진다. 엄마 아빠도 이 맛에 맥주를 마시는 모양이다. 연장 후반전에도 점수는 꼼짝도 않은 채 계속 빵 대 빵이다. 주인아저씨는 여전히 나타나지 않는다. 아저씨도 축구 때문에 제정신이 아닌 게 분명하다.

다시 맥주를 한 모금 홀짝이는데, 책상 위에 놓인 막대 소시지 통이 눈에 들어온다. 이백 원짜리 치즈 소시지가 잔뜩 꽂혀 있다. 형과 내가 한자리에서 스물네 개짜리 한 통을 금세 먹어 치울 만큼 좋아하는 거다. 우리는 엄마가 주는 슬라이스 치즈는 거들떠도 안 보지만 막대 치즈 소시지라면 사족을 못 쓴다. 아마도 그게 불량 식품을 닮아 그런 모양이다. 주위를 한번 두리번거려 본다. 아무도 없다. 아저씨도 축구가 끝날 때까지 안 나타날 게 분명하다. 소시지를 하나 꺼낸다. 워낙 많이 꽂혀 있어 아무 표시도 나지 않는다. 껍질을 벗기자 노르스름한 속살이 드러난다. 살짝 한입 베어 문다. 맥주 맛에 비하니 정말 꿀맛이다. "이변이야, 이변!" 한국이 이탈리아를 이기고 8강에 들었을 때였다. 아빠는 '이변'에 대해서 이전과는 다르게 얘기했다. "이런 이변이 있어야 세상은 살맛이 나는 거야." 엄마도 끼어들었다. "맞아, 이렇게 한 번씩 숨통을 틔어야지. 세네갈이 프랑스를 이기고, 한국이 이탈리아를 이기고……." 아빠도 신나게 말을 받았다. "흑인이 백인을 이기고, 작은 놈이 큰 놈을 이기고…… 공 하나가 그 모든 걸 가능케 해 주니 얼마나 대단해!" 나는 막대 소시지를 하나 더 꺼낸다. "세상이 이렇게 한 번씩 뒤집어지는 것도 괜찮은 것 같아." 엄마의 목소리가 생생하게 되살아난다.

맥주 하나가 거의 다 비었다. 머리가 약간 어질어질하긴 하지만 그래도 몸은 풍선을 탄 것처럼 붕붕 뜨는 기분이다.

후반전도 0 대 0으로 끝나고, 골대 앞에 사람이 하나씩 차례로 나와 골을 넣는 승부차기가 시작되고 있다.

나는 소시지 두 개를 한꺼번에 꺼낸다.

축구공이 골대 바로 앞에 놓이고 선수가 공을 차러 나온다. 황선홍 선수다. 황선홍이 힘껏 공을 찬다. 골키퍼가 날아오는 공을 잡으러 몸을 날린다. 공이 골키퍼의 팔과 허리 사이를 뚫고 들어간다.

와아아―.

요란한 함성이 수백 개의 아파트 창에서 동시에 터져 나온다.

골이 또 하나 들어가고, 와아― 소리에 아파트 전체가 들썩거린다. 몇십 초 간격으로 세상이 한 번씩 뒤집어지는 것 같다.

와아― 와아― 와아―.

잠시 후 갑자기 포탄 같은 함성이 터져 나오더니 그칠 줄 모른다.

텔레비전 화면에는 '4강 진출'이라는 글자가 나오고 해설자 아저씨의 울부짖는 목소리가 들린다. 빨간 티를 입은 사람들이 아파트 마당으로 하나둘씩 뛰쳐나오기 시작한다. 손에 태극기를 든 사람도 있다. 나도 그 사람들 틈에 끼고 싶은 생각이 든다.

나는 한쪽 주머니에 소시지 한 움큼을 챙겨 넣는다. 그리고 책상 위에 놓여 있는 돈을 집어 다른 쪽 주머니에 쑤셔 넣은 다음 가게를 나선다.

"으, 낮술을 먹었더니 취하네." 급하게 가게를 나오는데, 어떤 아저씨가 중얼거리면서 내 앞을 지나간다. 주인아저씬 줄 알고 가슴이 철렁했다.

나는 사람들을 따라 큰길 쪽으로 간다. 사람들이 차도로 뛰어들며 차들과 뒤섞여 있다. 저 아래쪽 전자제품 대리점 파라솔 아래 슈퍼 주인아저씨가 다른 가게 아저씨들과 어울려 있는 모습이 보인다. 거기서 축구를 본 모양이다. 아저씨는 비워 둔 가게는 까맣게 잊은 듯 사람들과 계속 신나게 떠들어대고 있다. 나는 아저씨를 피해 반대편 쪽으로 간다.

대─한민국! 빨간 티가 자꾸 늘어나면서 함성이 더 커지고 있다. 대학생으로 보이는 형들이 태극기를 들고는 여기저기 몰려다닌다. 어떤 형이 갑자기 나를 번쩍 안았다 내려놓으면서 태극기를 하나 쥐여 준다.

사람들이 자동차 위로 올라간다. 몇 명은 트렁크 뒤에 들어가 앉기도 하고 어떤 사람은 창밖으로 몸을 쭉 내뻗고 태극기를 흔들며 달린다.

대─한민국!

빵·빵·빵·빵·빵

자동차들 클랙슨 소리가 박자에 맞춰 울린다.

저쪽에서 빨간 옷을 입은 형들이 지나가는 트럭을 세우고 있다. 트럭 기사 아저씨가 고개를 끄덕이자 빨간 티를 입은 누나 형들이 하나씩 트럭에 올라탄다. 나도 그쪽으로 달려가 키 큰 형한테 소리친다. "나도 태워 줘요!" 키 큰 형이 나를 번쩍 안아서 트럭에 올려 준다. 나는 그 형에게 고맙다는 뜻으로 맥주 봉지를 내민다. 그 무거운 걸 건네고 나니 몸이 날아갈 것 같다.

"와, 맥주다!"

맥주가 사람들의 손에서 손으로 옮겨 다니기 시작한다. 누구는 마시고 누구는 거품을 잔뜩 내어 샴페인처럼 사람들 머리 위로 뿌린다. 꺄아아ー 대ー한민국! 꺄아아ー 대ー한민국!

트럭이 점점 빨라진다. 붉은 물결 속에 세상이 빙글빙글 돌고 있다. 청룡 열차를 탄 것처럼 머리가 어질어질하면서도 기분은 구름을 탄 것 같다.

트럭은 속력을 높이며 어디론가 신나게 달려간다. 붉은 물결이 끈질기게 우리를 따라붙는다. 한강이 보이고 우리 아파트 단지가 점점 멀어지더니 급기야 사라져 버린다.

나도 두 팔을 쭉 뻗치며 힘차게 외쳐 본다.

대ー한민국! 하는데, 갑자기 딸꾹질이 난다.

대ー한민국! 딸꾹.

대ー한민국! 딸꾹.

일요일이다. 일주일 중 단 하루 쉬는 날. 내가 아니라 엄마 얘기다. 엄마는 엿새 일하고 일요일 하루 쉰다. 그런 엄마를 둔 나는 일주일 중 하루도 쉬는 날이 없다. 엄마가 쉬는 날에는 내가 할 일이 더 많다. 엄마 뒤치다꺼리를 해야 하기 때문이다. 하지만 오늘 하루는 나도 완전히 쉬기로 한다. 그러려면 엄마 곁에 있으면 안 된다. 일단 집을 벗어나야 한다.

"이것들만 올려놓고 나가."

외출을 알리자 엄마가 일거리부터 내놓는다. '당근 마켓'에 올려놓을 물건들이다.

"오늘은 완전히 쉴 거야. 휴업, 아니 파업!"

내가 선언하듯 말한다.

"그래?"

엄마가 웬일이냐는 듯 눈을 동그랗게 뜬다. 실망이 아니라 신기
해하는 표정이다.

"대신 이것만 처리할게."

나는 거실 테이블 옆에 놓인 쇼핑백을 챙겨 든다. 쇼핑백에 담
긴 핸디형 청소기를 당근 이웃에 전해 주기로 했기 때문이다. 이
건 며칠 전에 예약된 거라 어쩔 수 없다.

로봇 청소기를 사면서 엄마는 디자인 예쁜 핸디형 청소기까지
새로 샀다. 그래서 멀쩡한 핸디형 청소기를 무료 '나눔' 하기로
했다. 지난 주말 당근에 올려놓았는데 그걸 찜한 사람이 일요일
오전에만 시간이 난다고 해서 오늘 아침으로 약속을 잡았다. 처
음 메시지를 받았을 때는 당혹스러웠다.

'please, send me your address.'

당근 거래에서 영어 메시지를 받은 건 처음이었다.

답신을 보내자 이번에는 한글 메시지가 왔다.

'내가 당신 집에 일요일, 15일 아침에 도착하면 되겠습니까?'

번역기를 돌린 듯 문장이 어색했다. 상대는 외국인 같았다. 줄
선 사람이 많아 다음 사람에게 넘기면 간단하지만 그러고 싶지
않았다. 영어 문자가 신기하기도 했고 일요일 오전에만 시간이
나는 사람이라면 이 무료 나눔 물건의 적절한 주인으로 보였던
것이다. 일요일 아침 8시, 3단지 놀이터로 약속 시간과 장소를 잡
았다. 휴일 늦잠도 포기하고 일찌감치 일어나 외출 준비까지 마

친 이유도 그 때문이다. 내친김에 오늘은 이 일만 처리하고 하루 온종일 나만의 시간을 보낼 것이다.

"잘 놀다 와."

보기 드문 휴일 외출인데도 엄마는 그 말이 전부다. 보통 엄마들이 외출하는 딸에게 하는 말은 적어도 서너 마디는 되지 않나. 시험공부는 다 했어? 방 정리는 해 놓았고? 아침 먹고 가지. 점심 사 먹더라도 햄버거랑 탄산음료는 안 돼. 친구가 꼬드겨도 19금 구역은 '절대 불가!'라는 거 잘 알지? 일찍 들어와 등등.

하지만 엄마는 당부도 질문도 없다. 그런 잔소리형 관심을 바라는 건 아니다. 익숙해서 사실 별다른 감흥도 없다. 엄마의 이런 반응은 나에 대한 무관심도 아니고 철석같은 믿음에서 나오는 것도 아니다. 그저 나까지 챙기거나 참견할 겨를이 없는 거다. 벌써 엄마는 컴퓨터 앞에 앉아 모니터와 마주하고 있다.

엿새 내내 정신없이 일하고 하루 쉬는 일요일도 엄마는 온종일 바쁘다. 밀린 집안일 아니면 외출 때문에? 천만에! 엄마는 외출도 안 하고 주방 일도 거의 안 한다. 사람과의 약속도 집에서 다 이루어진다. 요리를 안 하니 가사일이랄 것도 없다. 휴일에는 거의 온종일 컴퓨터 앞에서 인터넷 서핑이다. 쇼핑 중독, 그것도 온라인 쇼핑 중독이라 사는 물건이 일단 많고 그만큼 실패할 확률도 높아 물건을 당근에 내놓는 일도 많다. 내게 일요일이 없는 것도 그 때문이다.

당근에 물건을 올리고 약속 시간 잡아 전해 주고 하는 건 모두 내 몫이다. 현관 앞에 물건을 내놓고, 구매자가 시간 될 때 찾아가도록 하는 '문고리 거래'가 편하지만 그건 엄마가 원치 않는다. 우리 집을 노출시키고 싶지 않아서라나. 이 308동 전 세대를 통틀어 우리 집에 드나드는 사람이 제일 많을 텐데도 말이다. 우리 집이 꼭대기 층인 것도 남의 눈에 덜 띄게 하기 위해서다.

엄마는 반품도 안 한다. 내가 당근에 올리는 것보다 반품이 더 편하고 손해가 적다고 아무리 말해도 쇠귀에 경 읽기다. 그건 판매자에 대한 도리가 아니라나……. 어쨌든 당근에 물건을 올리면 거의 실시간으로 연락이 온다. 중고는 무조건 무료 나눔이고 새 상품은 헐값에 올려놓으니 사람들이 3분 내로 줄을 선다. 그래서 일 처리가 편한 것도 있다. 내가 정한 시간에 올 수 있는 사람만 택할 수 있어서다.

중고 거래 심부름을 내가 안 할 도리도 없다. 자식 된 도리 때문이 아니다. 당근에서 판 물건 값이 다 내 계좌로 들어오기 때문이다. 그 일을 거부할 수 없도록 엄마가 미리 판을 다 짜 놓은 것이다. 그 돈이 내 용돈이니 당근 일은 내 용돈벌이인 셈이다. 말 그대로 '당근 알바'다. 그러니 세상에 공짜는 없다. 엄마의 유일한 가르침도 그것이다. '세상에 공짜란 없다. 공짜를 바라지 않기만 해도 최소한의 양심은 지키며 살 수 있다.'가 엄마의 철칙, 아니 철학이다. 엄마에 따르면 본능적으로 사람들은 공짜를 바란다.

다시 말해 행운이나 요행을 바란다는 것이다. 또 달리 말하면 그건 남보다 더 갖길 원하는 욕심 같은 것으로 남의 몫을 가로채는 거나 다름없다. 철칙을 철학처럼 보이게 하느라 엄마는 예시까지 들어가며 설명했다.

"빵 하나를 두 사람에게 나눠 준다고 해 봐. 그것도 제삼자가 아주 공평하게 절반으로 똑같이 나눠 줬어. 그걸 나눠 받은 두 사람 생각이 어떨 거 같아? 십중팔구 자신이 손해 봤다고 생각해. 왜 그런 줄 아니? 자기가 좀 더 가졌으면, 하는 기대 혹은 욕심 때문이야. 공짜를 바라는 심리가 바로 그런 거야. 회사도 그래. 사장은 월급에 비해 직원이 일을 적게 한다고 탓하고 직원은 월급에 비해 자신이 일을 많이 한다고 불평하는 거랑 똑같은 이치지."

공짜를 바라지 않는 건, 남의 것을 탐하지 않고 자기 몫에 만족하는 태도이며 그것이 곧 최소한의 정의라는 것이 엄마의 논리다. 그것만 지켜져도 세상은 살 만한데 사소한 욕심 때문에 갈등이 생기고 삶이 불행해진다는 것. 그런 엄마한테 내가 중고 거래 문제를 놓고 왈가왈부해 봤자 어떻게 비칠지 뻔하니 나도 더는 따지지 않는다. 말단 직원 처지에 불과한 나는 사장이나 다름없는 엄마의 방식과 내 용돈에 만족하기로 한다. 사실 딱히 불만은 없다. 당근을 통해 들어오는 내 용돈이 다른 친구들에 비해 훨씬 많아서다. 어떤 물건이냐에 따라 때론 거금이 들어올 때도 있다. 엄마는 내 계좌의 돈도 체크하지 않는다. 어차피 내 몫이니 알 필요가 없다고 생각하는 것 같다. 아니 그런 걸 생각할 겨를이 없다는 게 맞다.

언젠가는 엄마가 매겨 놓은 가격이 너무 헐값이라 내가 가격을 살짝 높여서 당근에 올린 적이 있다. 희한하게도 사람들이 거들떠보지 않았고 하루나 이틀이 지나야 겨우 관심을 갖는 사람이 나타났다. 다들 물건 값을 놓고 간을 보는 시간이 길었다. 시간과 노력이 곱절로 드니 돈을 조금 더 받는다고 이익도 아니었다. 그러니 엄마가 물건에 매기는 값은 과학이다. 내 깜냥을 파악하고부터는 나도 더는 잔머리를 굴리지 않는다.

마침내 엘리베이터가 도착한다.

"어, 나라 아냐. 이른 아침부터 어딜 가. 아침은 먹었어?"

문이 열리자 커다란 쇼핑백을 가슴에 안고 다른 한 손에 작은 보따리를 든 성한이 엄마가 내린다.

"이거 좀 먹고 가지, 호박죽 끓여 왔는데."

"약속이 있어서요."

"식전 댓바람부터 웬 약속?"

엘리베이터 문이 열리고 닫히기까지 오간 말이다.

아줌마는 갓 만든 따뜻한 음식을 아침 식사 전에 전해 주러 그야말로 '식전 댓바람부터' 우리 집을 찾은 것이다. 아줌마는 호박죽이라고 했는데 엘리베이터 안은 한창 발효 중인 알타리무 냄새로 그득하다. 엄마가 좋아하는 밑반찬까지 챙겨 온 모양이다. 쇼

펑백에 담긴 것들이 눈에 선하다. 엄마한테 충성 혹은 봉사하는 이들 중 한 사람이 성한이 엄마다. 주방 일과 담 쌓고 사는 엄마 스타일을 학부모들이 다 파악하고 있다. 그들이 우리한테 친절을 베푸는 이유도 나는 안다. 대한민국 엄마들이 올인하는, 자녀들 입시 문제 때문이라는 걸. 그 올인의 목적도 안다. '인 서울!'

엄마는 공부방 선생이다. 일명 '추 선생 공부방'. 이 아파트 단지 학부모 사이에서 꽤 이름이 나 있다. 주변 학원들은 게시판 광고나 전단지까지 돌리며 학생 유치를 위해 노력하지만 추 선생 공부방에 들어오려면 대기표를 받아야 한다. 학부모들이 충성 경쟁을 하는 이유도 그 때문이다. 그렇게 자리를 잡는 데 2년이 걸렸다. 그러니까 우리가 서울을 떠나 이곳으로 온 지 벌써 2년이라는 얘기다. 남들이 '인 서울'을 꿈꾸는 와중에 우리는 '탈 서울'을 감행한 것이다.

추 선생 공부방 원칙에 따르기만 하면 누구든 첫 시험에 성적이 올라간다. 규칙은 일단 최소 3개월은 공부방을 다녀야 한다는 것. 대신 첫 3개월 치 수업료는 무료다. 그 후 치른 첫 시험 성적을 보고 공부방에 남을지 말지 선택하면 된다. 더 공부할 생각이 있으면 이전의 3개월 치 비용을 다 내야 한다. 천재지변이 없는 한 적중률은 99퍼센트다. 딱 한 번 있었던 예외는 학생 아빠의 갑작스러운 지방 발령으로 온 가족이 이사를 가는 경우였다. 학생 어머니는 3개월 치 수업료를 지불하겠다고 했지만 엄마는 원칙에

어긋난다며 받지 않았다. 이사 후 그 어머니는 수업료만큼의 선물을 우리 집으로 보냈다.

사실 과외 효과야 어디든 마찬가지 아닐까? 과외를 처음 받으면 누군들 성적이 올라가는 건 당연한 이치 아닌가? 과외는커녕 학원도 한 번 다닌 적 없는 내 생각이니 별 근거도 없지만…….

공부방 선생인 엄마는 내 공부에는 도통 관심이 없다. 가르치는 일에 신물이 나서인지 나한테는 과외도 학원도 권하지 않는다. 나 역시 한 번도 그걸 원해 본 적 없다. 우리 집이 학원이나 다름없으니 과외에 대해 엄마가 신물이면 나는 쓴물이 올라올 지경이다. 엄마는 내 성적에도 별 관심이 없다. 성적표를 보여 달라고 하지도 않지만 어쩌다 보게 되더라도 지하도 입구에서 나눠 주는 전단지 보듯 한다.

엄마가 정작 관심 있는 건 내 성적이 아니라 엄마한테 배우러 오는 학생들 성적이다. 엄마는 성적이란 관리의 대상인 숫자일 뿐 교육의 진정한 목적이거나 결실은 아니라는, 소크라테스 수준의 철학을 갖고 있다. 그렇다고 공부방 선생인 엄마가 학부모들한테 그런 생각을 내비치지는 않는다. 어쨌든 엄마의 소신인지 전략인지 덕에 나는 성적 문제로 시달리지는 않는다.

"중도 제 머리 못 깎는다잖아요. 자기 자식을 어떻게 가르쳐요."

학부모들 앞에서는 엄마도 그렇게 말한다.

"그래도 나라는 공부 잘한다면서요."

학부모한테서야 으레 그런 접대성 말이 나오게 마련이다. 반에서 중간 정도 성적인 나를 두고 그런 말이 어떻게 나오는지 나도 의문이다. 공부방 학생 중 나랑 같은 반 친구인 도영이라면 모를까. 도영이는 중간에서도 한참 밀려나 거의 뒤쪽에 속하는 성적이니 나에 대한 평가가 후할 수밖에 없다. 하지만 그 애도 엄마 공부방에 들어오고는 계속 앞으로 자리 이동 중이다. 조만간 나를 앞지를지도 모른다. 엄마는 몰라도 나로서는 전혀 달갑지 않은 일이다.

'중이 제 머리 못 깎는다.'라는 엄마의 단골 멘트는 가끔 버전이 바뀌어 나한테도 날아든다.

"유명 요리사가 자기 집에서 요리하는 거 봤니? 그 집 애들은 다 라면 먹고 자라."

말인지 말똥구린지 헷갈리는 그런 말이 나오면 나도 추임새를 넣고 싶어진다.

"걔들, 그냥 라면도 아니고 컵라면 먹는대, 엄마. 후식으로 콜라까지 먹을 거야."

그러면 우리 모녀는 풍랑 맞은 배에 같이 올라 있는 동지라도 된 듯 기묘한 유대감을 느끼곤 한다. 먹거리에 관한 우리 모녀의 무개념 낙천성은 어쩌면 성한이 엄마 같은 열성 학부모 덕인지도 모르겠다. 엄마가 손에 싱크대 물 안 묻혀도 우리는 어느 집보다 잘 먹으며 살아간다. 오늘도 아침부터 따뜻한 호박죽을 들고 오

는 학부모를 보면 알지 않나. 이 집 저 집의 신선한 영양식을 골고
루, 꾸준히 섭취할 수 있는 여건이다. 그렇다고 엄마가 얌체족처
럼 받아먹기만 하는 것은 아니다.

"남의 친절을 당연하게 여기면 안 돼. 그러면 그 친절은 한 번으
로 끝나 버려. 그 친절이 유지되려면 받는 사람도 장단을 잘 맞춰
야 한다고."

공짜를 바라지 않는 엄마의 철칙, 아니 철학이 깃든 말이다. 엄
마가 휴일에 쇼핑으로 시간을 보내는 데는 그런 철칙도 한몫한
다. 사람들 친절에 장단을 맞추기 위한 답례용 선물을 인터넷 쇼
핑몰을 들여다보며 고민해 마련하는 것이다. 손수 만든 따뜻한
음식과 공장에서 생산한 상품과의 일종의 물물교환이라고 봐야
한다.

"뭐, 내가 보기엔 상술 같고만."

컴퓨터 앞에서 온종일 쇼핑 중인 엄마를 흘겨보며 내가 한 번
씩 쏘아붙인다.

"상술도 소신이 담기면 그건 삶의 기술이야."

엄마가 받아친다.

"그 기술에 전략이 어우러져 엄마의 기술은 장인의 경지구나."

나 역시 칭찬과 비아냥을 버무려 응수한다.

"역시 예술가 기질이 있어, 되받아치는 수준이."

"누구 딸인데."

독설을 덕담으로 마무리하는 기술도 둘 다 도가 텄다.

오늘은 내가 없는 데다 학부모 방문이 이어질 게 뻔하니 엄마도 온종일 절제된 화술을 구사할 것이다. 엄마와 나의 대화가 신랄 또는 살벌한 건 엄마가 온종일 상대하는 이들이 학생 아니면 학부모이기 때문인지도 모른다. 언젠가 엄마도 그랬다.

"너만 한 대화 상대가 어딨니. 거침없고 신랄하고 야멸차기까지 하니 스트레스 확 풀린다니까."

내가 엄마 스트레스용이야? 하고 쏘아붙이려다, 그만두었다. 나한테 엄마도 그러니까. 우린 서로에게 애물단지 혹은 원흉이면서 또한 스트레스 푸는 상대이자 위안의 존재다. 순기능과 역기능을 서로에게 똑같이 공유하고 있다. 내가 '공생 관계'라고 했더니 엄마는 굳이 '윈윈 관계'로 말을 바꾸며 공부방 선생처럼 굴었다. 그래서 내가 최종적으로 엄마를 향해 엄지를 치켜세우며 말했다. '유, 윈!'

*

엘리베이터가 6층에 멈춘다. 언제나처럼 희끗한 머리의 키다리 아저씨가 들어선다. 엘리베이터에서 가장 많이 마주치는 사람이다. 아마 이 아저씨한테 나도 그런 사람일 것이다.

"안녕하세요."

내가 환한 미소로 인사하자 아저씨 역시 손을 들어 보이며 활짝 웃는다.

"친구 만나기 딱 좋은 휴일이네, 오늘."

아저씨가 나를 훑어보며 하는 인사말이다. 내가 친구 만나러 가는 줄 아는 모양이다. 나는 대답 대신 미소만 짓는다. 6층 아저씨는 은근 센스쟁이다. 나처럼 '안녕하세요'나 '안녕' 같은 상투적인 인사는 하지 않는다. 내가 배드민턴채를 들고 나서면 아저씨는 '바람이 없어 배드민턴 치기 좋은 날씨야.' 하며 상황에 꼭 들어맞는 인사를 한다. 오늘도 아저씨는 반려견 푸들과 함께다. 아저씨 손에 들린 강아지 줄이 인상적이다. 여러 컬러가 섞인 다채로운 색의 줄이 언제나 발치의 강아지보다 먼저 눈에 띈다. 엘리베이터 안에 들어서면 아저씨의 푸들은 구석 쪽 발치에 얌전히 앉아 있다.

"진짜 얌전하네요. '매너 독'다워."

내가 푸들을 내려다보며 칭찬한다. '매너 독'은 내가 붙여 준 별명이다.

녀석은 엘리베이터 안에서는 꼬리를 치거나 소리를 내는 법이 절대 없다. 아저씨 말로는 겁이 많아서 그런다지만 내가 보기엔 훈련을 잘 받아서인 것 같다. 직접 가르쳤는지 학원 교육인지 궁금하지만 대놓고 물어볼 수는 없다.

우리 동에서 엘리베이터가 가장 많이 서는 층이 공부방이 있는 꼭대기 층 우리 집이고 그다음으로 아저씨가 사는 6층이다. 만나는 횟수나 시간으로 미루어 아저씨는 하루에 강아지 산책을 서너 번 이상 시키는 것 같다. 처음에는 그런 모습에 '백수 아저씬가?'라고 생각했다. 아저씨도 나를 보고 그랬을지 모른다. '저 학생은 공부하고는 영 담을 쌓았나 보네. 계속 밖으로만 도는 걸 보니.'라고. 자주 만나면서 친숙해지고 나니 아저씨에 대한 생각이 달라졌다. 꾸준함과 성실성이 공무원 아니면 대기업에서 평생 일하다 은퇴한 사람처럼 보이는 것이다. 아마 아저씨도 나에 대한 생각이 이렇게 바뀌지 않았을까. '저 학생은 공부보다 운동이나 친구를 좋아하는구나.'

"매너 독, 안녕."

산책로로 향하는 푸들과 아저씨를 향해 내가 인사한다. 바깥으로 나서면 녀석은 완전히 돌변해 날뛴다. 엘리베이터 안에서 어떻게 그리 얌전하게 있었는지 놀라울 정도다.

나는 휴대폰을 꺼내 멀어져 가는 아저씨와 강아지의 뒷모습을 카메라에 담는다. 희끗희끗한 머리에 군살 하나 없는 빼빼 마른 아저씨는 키가 전봇대처럼 길다. 강아지가 아저씨 옆에 있으니 확실히 사진이 살아난다. 이건 가족사진 시리즈에 넣으면 될 것 같다.

8시 1분 전. 시간을 확인하고 건물 모퉁이를 돌아선다. 3단지 놀이터에 문제의 인물이 보인다. 예상대로 외국인, 청년처럼 보이는 젊은 남자다. 중앙아시아 국가 출신 같다. 건장한 체구의 남자가 쇼핑백 든 나를 알아보고 가벼운 목례를 하며 다가온다.

"당근이세요?"

"네, 청소기 가지러 오신 분이죠?"

내 말에 그는 성큼 다가서며 환한 미소로 내 쇼핑백을 건네받는다.

"감샤합니다. 잘 쓰겠습니다."

가까이서 보니 조각상처럼 이목구비가 뚜렷하다. 미켈란젤로의 다비드상과 겨룰 만한 얼굴이다.

"이거 어떻게 쓰는지는 아시죠?"

물건만 주고받기가 아쉬워 나는 한마디 더 한다.

불쑥 꺼낸 내 말에 남자는 눈을 멀뚱거리며 나를 쳐다본다.

"저, 한국말 잘 못해요. 저, 우즈베키스탄 사람."

역시 내 짐작대로다. 존댓말만 익힌 모양인지 어린 나한테도 계속 존댓말이다. 나는 청소기 코드만 꽂으면 된다는 말을 그가 쉽게 이해하도록 손짓과 표정으로 해 보인다. 그는 무슨 뜻인지 잘 알겠다는 듯 미소 띤 얼굴로 고개를 끄덕인다.

"그럼 안녕히 가세요."

나의 인사에 그는 손을 합장하듯 모으고 한 번 더 감사를 표하고 돌아선다. 말만 통하면 몇 마디 더 할 수 있었을 텐데, 안타까울 뿐이다. 적당한 간격이 생기자 나는 서둘러 그의 뒷모습을 카메라에 담는다. 마침 건너편에서 다가오던 아이가 그를 빤히 쳐다보는 모습까지 흐릿하게 잡힌다. 의외의 덤이다.

초등학교 졸업 선물로 휴대폰을 받고 생긴 취미가 이젠 습관처럼 돼 버렸다. 인물 사진이지만 얼굴 없는 뒷모습만 찍는다. 낯선 사람 면전에 카메라를 들이델 수 없어 생각해 낸 방법인데 자꾸 찍다 보니 뒷모습에도 저마다의 표정이 담겨 있음을 알게 되었다. 뒷모습에서 그 사람을 상상해 보는 재미도 쏠쏠하다.

"얼굴 사진이야 널리고 널렸으니, 이 컨셉이 훨 낫네. 사람들이 자신의 뒷모습은 모르거나 잊고 살잖아."

엄마도 내 방식이 신선하다며 힘을 보탰다. 그러면서 초상권에 대한 이야기도 오갔지만 우리 모녀는 누군지 특정할 수 없는 뒷모습을 담은 것이니 당사자가 태클을 걸어오지 않는 한 문제가 없다는 결론을 내렸다.

어쨌거나 우즈베키스탄 남자의 잘생긴 얼굴을 사진에 담지 못한 건 안타깝기 그지없다. 그의 뒷모습을 보면 나는 계속 미켈란젤로의 조각상을 떠올릴 것 같다.

집 나서면서 확보한 사진이 벌써 두 장이다. 하나도 못 건지는 날도 있는데 오늘은 둘 다 성공적이다. 나의 블로그에 이 사진들은 일기와 함께 올라간다. 그러려면 얘깃거리도 같이 있어야 한다. 블로그는 나의 열린 일기장인 셈이다. 처음엔 비공개였다가 2년 만에 오픈했다. 그로써 나도 블로거가 됐다. 비밀 일기란 불

가능하다는 생각이 결정적이었다. 글이든 사진이든 표현된 건 절대 비밀이 될 수 없다. 그래서 공개를 택했다. '파워 블로거'는 아니지만 그래도 친구들 사이에서는 꽤 알려져 있다.

"레트로 감성 그런 거야? 숏츠 아니면 브이로그가 대세인 때에……."

대놓고 구리다고 하는 친구도 있다.

"유행이란 돌고 도는 거야. '레트로'가 괜히 있는 게 아니라니까."

인정해 주는 친구도 있다.

내 사진에 대한 친구들 반응은 나쁘지 않다. 자신의 뒷모습 혹은 측면 사진을 보여 주면 다들 신기해한다. '내가 이렇게 자라목이었나?' 하며 자세를 고치는 친구가 있는가 하면 '역시 이 옷은 뒷맵시가 별로야.'라며 패션에 활용하는 친구도 있다. '거울과 사진은 역시 차원이 다르네.'라며 사진의 기능에 감탄하거나 '지금껏 한 번도 내 뒷모습에 대해 생각해 본 적이 없었어.'라며 자기 성찰을 하는 친구도 있다. 나 역시 이 취미로 얻은 게 많다. 집 밖에서 떠도는 일이 더 재미있어졌고 친구들 사이에서 존재감도 생겼다.

*

구름다리에 오른다. 이 대단지 아파트는 길이가 1킬로미터나 되는 주도로를 가운데 두고 홀수와 짝수 단지로 나뉘어 있다. 구름다리는 두 단지를 연결하는 육교 역할을 한다. 이곳에 서면 우리가 사는 아파트 단지와 주위의 숲, 멀리 둘러 있는 산들까지 한눈에 들어온다.

"거대한 요새 같네."

맨 처음 이 구름다리에 섰을 때 엄마가 말했다. 부동산 사무실에서 전세 계약을 하고 나와 우리가 앞으로 살 아파트 단지 주위를 둘러보면서였다.

"요새? 요새가 뭐야, 엄마?"

내가 물었다.

"책벌레인 네가 그 단어를 몰라? 세상의 온갖 적들로부터 우리를 보호해 주는 거지. 방공호 같은 것처럼."

엄마의 대답에서 나는 옹색한 방공호보다는 앙코르와트 사진집에서 본 해자를 떠올렸다.

해자. 커다란 성을 에워싸고 있는 못의 물……. 적이 성으로 쉽게 접근하지 못하도록 해 놓은 장애물이지만 내게는 근사해 보였다. 돌로 된 성곽의 높고 단단한 벽과 반대편 벽 사이를 무심히 맴도는 맑은 물이라니…….

엄마와 나는 구름다리 난간에 기대서서 우리가 앞으로 살아갈 곳을 한동안 말없이 바라보았다. 엄마는 난간에 팔을 얹고 서서 먼 곳의 풍경을 바라보았고 나는 쭉 뻗은 새 도로와 도로 주변의 상가 건물, 학교 등 세련된 디자인의 새 건물들에 시선이 꽂혀 있었다. 온통 새 것인 깨끗한 신도시에서 살게 되었다는 사실에 한 껏 부풀었다. 재개발 구역의 낡고 좁은 빌라에 살다가 처음으로 대단지 아파트로 오게 된 데다 넓은 평수의 새 아파트라는 사실에 마음이 들떴다. 비록 서울 도심에서 경기도 외곽으로의 이사이긴 해도 그건 내게 중요하지 않았다.

"누가 저 구름에 올라앉으라고 하면, 나라 넌 어떨 거 같니?"

엄마가 하늘의 구름을 가리키며 뜬금없는 질문을 했다.

"신나겠지. 말 그대로 구름 탄 기분일 거 아냐."

하늘의 뭉게구름이 들으라는 듯 내가 큰소리로 대꾸했다.

"저 구름이 여기 우리 앞에 딱 놓여 있다고 해 봐. 정말 선뜻 발을 올려놓을 수 있겠어?"

손으로 하늘의 구름을 우리 앞에 끌어다 놓는 시늉까지 하며 엄마가 진지하게 물었다. 그건 앞에서 한 것과는 전혀 다른 성격의 질문이었다. 자전거나 열기구처럼 실제 '탈 것'으로의 구름을 얘기하는 것이었다. 허공의 솜뭉치 같은 것에 내 두 발을 올려놓는다고 생각하니 사실 아찔했다. 중력의 지배를 받는 내 몸의 무게를 너무도 잘 알고 있으니…….

"무서울 거 같아, 엄마. 저건 완전히 물방울 덩어리잖아. 비행기라면 몰라도."

내가 이번에는 목소리를 깔며 대답하자 엄마는 피식 웃었다.

우리는 다시 하늘의 구름을 한동안 멀거니 바라보았다. 지금까지의 이미지에서 벗어나 현실 그 자체인 구름을 보고 있자니 구름이 너무도 무기력해 보였다.

"나라 넌, 아직 몸이 가벼우니 괜찮을 거야. 걱정 마."

한참 만에 엄마가 나를 보고 웃으며 말했다.

돌이켜보면 엄마는 그때, 이곳으로의 이사가 솜뭉치 같은 구름 위에 발을 올려놓는 기분이었던 모양이다. 새 아파트에 산다는 기대에 한껏 부풀어 있던 나와는 달리 낯선 곳에 정착해야 한다는 데 대한 부담이 컸던 게 분명하다.

엄마가 첫인상으로 떠올렸던 '요새'라는 말도 시간이 가면서 실감 났다. 서울과는 확실히 단절된 생활이었다. 우리가 서울을 찾는 일도, 그곳 사람들이 우리를 찾는 일도 없었다. 내가 다니는 학교도 엄마의 일자리도 이곳에 다 있어 우리는 서울에 아무런 미련이 없다. 그날, 엄마가 왜 '요새'라는 군사 용어를 끌어다 썼는지도 알 것 같다. 그러니까 엄마는 우리가 살았던 서울에서의 삶이 전쟁 같았던 모양이다. 지금이야 공부방 선생으로 자리를 잡았지만, 서울에서의 생활은 사실 불안정했다. 엄마 못지않게 나도 그랬으니까.

지금도 그렇지만 그때도 나는 집보다 학교가 좋았다. 짓궂게 구는 친구들이 있긴 해도 학교는 우리 집보다 안정감이 있었다. 교실도 담임도 친구도 학년이 바뀌기 전까지는 다들 굳건히 제자리를 지키고 있었으니……. 우리 집은 달랐다. 늘 어수선했다. 커튼이나 벽지, 가구가 매번 색상과 모양이 달라지는 건 물론이고 배치도 수시로 바뀌었다. 안방이 거실이 되기도 하고 거실이 침실이나 아이들 놀이방이 되기도 했다. 엄마가 그즈음 하던 일이 인테리어 코디였기 때문이다. 이름은 그럴듯해 보이지만 공사 현장에 사는 거나 다름없었다. 매달 여성 잡지에 집 안 꾸미기 또는 인테리어 화보가 소개되는데 그 무대가 우리 집이었다. '비포'와 '애프터' 구분을 확실히 하느라 실내 분위기는 극과 극을 오갔다. 늘 남의 집을 전전하며 사는 기분이었다. 촬영 팀이 집에 와서 본격적인 화보 작업에 들어가면 나는 구석방에 갇혀 있거나 날씨가 춥지 않으면 일이 끝날 때까지 놀이터에서 시간을 보내야 했다.

촬영이 끝났다고 일이 끝나는 건 아니었다. 다음 달 일을 위해 집 안은 곧 다시 공사 현장으로 바뀌었다. 페인트와 시너 냄새가 진동하고, 전동 드릴과 태커 박는 소리도 끊이지 않았다. 엄마가 그런 현기증 나는 일을 그만둔 건 내가 초등학교 3학년 때였다.

"나라야, 어머니께서 전화를 안 받으시네. 시간 되실 때 한번 뵙자고 전해라."

담임이 하루는 나를 불러 조용히 말했다. 나중에 엄마의 말에 따르면 나의 담임 중 가장 '세심하고 자상한' 사람이 그 젊은 총각 선생이었다.

학교 방문 대신 담임과 긴 시간 통화를 하고 난 엄마는 그날, 밤잠까지 설치며 고민하더니 다음 날 잡지사 담당자에게 연락해 더 이상 일을 할 수 없게 되었다고 했다. 우리 집에서 더는 페인트 냄새도 전동 드릴 소리도 나지 않았다. 한동안 엄마는 방에만 틀어박혀 지냈다. 겨울잠 자는 북극곰처럼 한 달이 가고 두 달이 지나도록 컴퓨터를 끌어안고 있었다. 그때는 집이 한적한 시골의 폐가 분위기였다.

그러던 어느 날, 엄마가 갑자기 요리 학원을 다니기 시작했다. 고3 수험생처럼 엄마는 하루도 거르지 않고 새벽 일찍 나가서 밤늦게 들어오더니, 요리 학원 수강 3개월 만에 새로운 일을 할 거라고 했다.

"푸드스타일리스트?"

처음 들어 보는 용어라 나는 그게 어떤 일이냐는 투로 되물었다.

"쉽게 말하면, 우아한 파출부 같은 거야."

적절한 표현을 찾느라 엄마는 한참 만에 대답했다.

'우아한'과 '파출부'라는 단어의 결합에 짐작도 어려웠지만 일하는 걸 보고 나니 금세 의문이 풀렸다. 백화점이나 미술관 오프닝 파티에 내놓을 작고 앙증맞은 음식들, 일명 '핑거 푸드'를 준비하는 일이었다. '의식주' 중에서 이번에는 '식'에 해당하는 일이었다. 이전처럼 '가내 수공업'이라는 공통점은 있어도 실내 인테리어와는 성격이 완전히 달랐다.

일주일 단위로 음식 냄새가 집 안을 그득 메웠다. 화공 약품 냄새나 드릴 소리보다는 덜해도 튀김 기름 연기 역시 괴롭기는 마찬가지였다. 내 역할은 싱크대나 하수구에 꼬여 드는 초파리 쫓는 일이었다. 그래도 엄마의 이전 일보다는 훨씬 나았다. 나도 맡은 일이 있어 구석방에 웅크리고 앉아 잡지책을 뒤적이거나 놀이터에서 혼자 빈둥댈 필요는 없었다.

문제는 일 끝나고 남은 식재료 처리였다. 그것이 우리의 주식이 되는 바람에 일을 시작한 지 1년 만에 엄마와 나는 각자 몸무게가 10킬로그램 가까이 늘었다. 이번에는 담임의 호출이 아니라 의사의 경고 때문에 둘 다 심각해졌다. 비만의 부작용은 거기서 그치지 않았다. 이상하게 엄마의 거래처도 하나둘 떨어져 나갔다. 일이 끊기면서 의기소침해진 엄마는 또다시 북극곰 모드에 들어갔다. 운동도 하지 않고 온종일 집에만 웅크리고 있었다. 신기한 건 그럼에도 엄마는 살이 점점 빠졌다. 나도 마찬가지였다. 3개월 만에 우리 모녀는 몸무게가 완전히 원상복구 되어 있었다.

"굶는 게 최고의 다이어트라는 말이야말로 과학이네."

체중계에 올라선 엄마가 말했다. 푸드스타일리스트 일을 그만두면서 엄마는 주방 일에서 완전히 손을 뗐다. 나는 학교 급식이라도 잘 챙겨 먹었지만 엄마는 식사량이 절반 이상 줄었으니 극한의 다이어트나 다름없었다.

"진작 유튜브라도 했으면 대박 났을 텐데."

체중계 눈금을 들여다보며 내가 아쉬워했다.

"하긴 처음부터 '모녀 다이어트 체험기' 내길고 차근차근 기록

해 나갔으면 가능성 있었을 거야, 그지? SNS에서 뜨는 거야 한순간이니까."

말은 그렇게 해도 엄마가 남에게 자신을 노출시킬 성격은 아니란 걸 나는 잘 알고 있었다.

"도랑 치고 가재 잡는 일도 아무나 하는 게 아닌가 봐."

내 비유에 엄마는 가벼운 웃음을 날리고는 다시 기운 없는 몸을 소파에 뉘었다. 그리고 다시 겨울잠 모드에 들어갔다.

"출산 휴가?"

하루는, 여전히 겨울잠 모드였던 엄마가 전화 통화 도중 자리에서 벌떡 일어나 앉았다. 엄마의 대학 선배가 엄마에게 뭔가 부탁을 해 온 것이다. 출산 휴가로 수업을 계속할 수 없게 되었다며 두어 달만 학원 수업을 좀 맡아 달라고 했다. 엄마는 단번에 겨울잠에서 벗어났다. 이번에도 3개월을 넘진 않았다. 아마 통장 잔고가 그 정도인 것 같았다.

엄마에 따르면, 교대에 우수한 성적으로 입학했지만 3학년 때 자퇴하는 바람에 최종 학력은 고졸로 남았다. 엄마와 내 나이를 놓고 따져 보면 엄마가 대학 시절 사고를 친 게 분명했고 자퇴도 그것과 관련 있어 보였지만 나는 한 번도 그런 생각을 입 밖에 낸 적은 없다.

"그건 신의 영역이더라니까. 입학은 하는데 졸업은 결국 못 하는 거."

중고등학교 모두 검정고시로 마친 엄마는 대학은 기필코 졸업
하려 했지만 뜻대로 되지 않았다고 했다.

"3개월을 고민했어, 졸업장 놓고 저울질하며……."

저울질에서 졸업장과 겨룬 것이 뭐였는지는 말하지 않았다. 짐
작이 가지 않은 건 아니었다. 아니 그것이 뭔지 너무도 분명했기
때문에 따져 물을 수도 없었다. 그 고민의 3개월이 내 눈에 선히
그려졌다. 어둠 속에서 탯줄로 연결된 그 무엇이 엄마의 뱃속에
서 자라고 있었거나, 요람에서 사지를 버둥대며 앵앵거리고 있었
을 터였다.

"그러니까 엄마가 제대로 학교를 다닌 건 초등학교가 전부네."

내가 엄마의 학교생활을 한 쾌에 정리했다.

"사실, 졸업장이 실력을 담보하는 건 아니잖아?"

"맞아. 영어 유치원 다닌 친구가 나보다 영어를 못하는 경우도
봤으니까."

"그러니 졸업장 없다고 실력까지 없다는 얘기도 분명 아니지."

엄마의 단순 논리에 나는 계속 고개를 끄덕였다.

"엄밀히 따지면 나만큼 고시 공부 많이 한 사람이 어딨니? 중고
등학교 다 검정고시로 통과했지, 대학 2학년 때부터 임용고시 준
비했지. 시험에 관한 노하우만큼은 일타강사 못지않아."

"임용고시는 준비만 하다 끝났다며. 실패가 성공의 어머니였다
는 얘기인 거야?"

검정고시를 고시에 욱여넣는 엄마의 억지에 나는 다시 신랄해졌다.

"너, 모성을 아무 데나 빗대면 안 돼. 넌 엄마가 안 돼 봐서 몰라."

모성, 엄마, 이런 단어가 나오자 정신이 번쩍 들었다. 이때는 빨리 발을 빼는 게 상책이다. 엄마의 감정이 예민해지는 유일한 지점이니…….

우리의 대화는 늘 이런 식이다. 상대가 자책에 빠져들면 위로의 말로 보듬고 의기양양해하면 소금을 뿌려 숨을 죽인다. 무거운 얘기는 농담으로 빠져나오고 가벼움이 넘치면 진지하게 무게감을 얹는, 시소 타기 식 대화다.

어쨌든 엄마의 학원 강사로의 변신은 성공적이었다. 대타로 맡은 수업에서 학생들 반응이 좋았다. 더 행운이었던 건 출산 휴가 간 엄마의 선배가 3개월이 지나도 복귀하지 않은 사실이다. 그 빈자리는 엄마한테 넘어왔다. 엄마는 학원의 임시직 강사에서 단번에 정규직으로 자리 잡았다. 경력이 쌓이면서 엄마의 아킬레스건이었던 대학 중퇴 학력은 완전히 묻혔다. 엄마 선배가 원장에게 '대학 후배'라고 한 말 한마디가 보증서였고 그다음에는 엄마의 실적이 보증서 이상의 역할을 했다. 초등학생에서 시작한 수업이 중학생 수업까지 맡게 되고 학생들 반응이 좋아지자 원장은 논술 수업도 할 수 있겠느냐고 엄마에게 물어 왔다. 호시탐탐 기회를 노리며 준비해 왔던 엄마가 그 제안을 마다할 리 없었다.

하지만 결국 과욕이 화를 불렀다. 어느 학부모와의 입시 상담에서 엄마의 이력이 들통날 위기에 처한 것이다. 그 학부모의 사촌 여동생이 엄마의 대학 동기라는 사실을 알게 된 엄마는 지레 겁먹고 학원을 그만두었다. 엄마의 성격은 나도 종잡을 수 없다. 악착같으면서도 어느 순간 포기도 잘했다. 쿨하면서도 집요하고, 냉철한 것 같으면서도 격정적이고, 성실하면서도 때론 무진장 게으르고…… 엄마에 따르면 인간이란 종이 워낙 복잡미묘해서 설명 자체가 안 된다는데, 그 말이 맞는 것 같다.

"전화위복이라는 말도 있잖아."

이전과 달리 엄마는 학원을 그만두고도 자신감에 차 있었다. 강사 경력, 그것도 강남의 학원 강사 경력을 믿는 모양이었다. 출산 휴가 갔던 엄마의 선배도 그 경력을 밑천 삼아 집 근처에 학원을 차렸다고 했다. 편집만 잘하면 엄마의 스펙은 화려했다. 교대 출신에 강남 학원 강사 경력은 경기도 외곽 아파트 단지 공부방 선생으로는 차고 넘칠 정도였다. 잘 포장된 엄마의 스펙은 학부모들 사이에 입소문을 타고 퍼져 추 선생 공부방은 아파트 단지에서 2년 만에 완전히 자리 잡았다. 무엇보다 학생들 성적으로 실력을 입증했다. 엄마는 평생직장이라도 잡은 것처럼 자신감에 넘쳤다.

전세 만기를 앞두고 집주인이 아파트를 매매로 내놓겠다고 하자 엄마는 보란 듯 집을 사 버렸다. 전세금에 조금 더 보탠 값이지만 우리 집이 생긴 건 처음이었다. 집 등기를 마무리한 날 우리는 벼락부자라도 된 것처럼 성대한 파티를 열었다.

일요일 아침이라 발아래 펼쳐진 도로에는 차도 거의 없다. 이 구름다리에서는 주도로 양쪽으로 나 있는 보도를 따라 줄지어 선 상가가 한눈에 들어온다. 규모가 큰 1층 상가는 식당이나 커피숍이 대부분이지만 2층부터는 병원이나 스터디 카페, 태권도장, 영어 학원, 피아노 학원, 미술 학원, 수학 학원 등등 대한민국 유·청소년들을 대상으로 하는 업종의 간판이 즐비하다.

저런 간판 하나 없어도 추 선생 공부방은 웬만한 학원보다 수강생이 많다. 중1부터 대입 논술 준비생들까지 다 가르치기 때문에 자정까지 수업이 꽉 차 있다. 엄마도 힘들겠지만 편하게 쉴 집이 없는 나도 엄마 못지않게 고달프다. 내가 집보다 학교를 더 좋아하는 것도 그래서다. 일요일도 완전한 휴일이라고 할 수 없다. 엘리베이터 앞에서 맞닥뜨린 성한이 엄마처럼 학부모가 그 틈새를 비집고 든다.

엄마가 내게 잔소리나 간섭 같은 걸 할 겨를도 없다. 방치 혹은 방목 같은 양육에 나도 익숙하다. 내 친구들에 비하면 나는 진짜 자유롭다. 일찍부터 밖에서 떠돌다 보니 이제는 체질이 돼 버렸다. 일요일 하루만큼은 '집콕'을 지켜 왔는데 오늘은 예외다.

친구 만나기 딱 좋은 휴일이네.

6층 아저씨 말이 씨가 되었는지 갑자기 친구 생각이 난다. 중1 때 삼총사였던 보라와 나영이. 이곳으로 이사 오고 아직 한 번도 만난 적이 없다. 처음에는 단톡방에서 셋이서 수다도 곧잘 떨었는데 3학년이 되고는 그마저 뜸해졌다. 나라·나영·보라, 셋의 이름에서 딴 '3라만상'이 우리 삼총사 별칭이다.

보라는 엄마가 베트남 사람이다. 엄마 아빠 유전자 중에서 좋은 것만 골라 받았는지 보라는 공부도 잘하고 상냥한 데다 얼굴도 귀염 상이다. 아빠가 일찍 돌아가셔서 보라도 나처럼 엄마와 단둘이 산다. 나영이는 엄마 아빠가 다 있지만 시설에서 생활한다. 워낙 배려심 많고 예뻐서 나영이는 친구들 사이에서 인기가 있었다. 나도 '찍사'로 존재감이 만만찮았다. 그런 우리를 질투해 친구들이 '3라 진상'으로 바꿔 부를 정도로 반에서 유명했다. 우리 셋 모두 가족 구성에 구멍이 숭숭 나 있다는 공통점 때문인지 관계가 끈끈했다. 내가 서울을 떠나기 전까지는……

오랜만에 만나자고 해 볼까?

그 생각이 불쑥 들자 갑자기 오늘 최고의 미션이 그 일처럼 여겨진다. 원래는 화훼단지를 갈 생각이었다. 반려 식물을 살뜰히 돌보는 '식집사'들의 방문 인증 글이 곧잘 올라오는 인근 화훼단지는 예전부터 한번 가 보고 싶었던 곳이다. 베이커리 카페도 같이 있어 주말이면 가족들 나들이 코스로 유명한 곳이다. 블로거아 늘 볼거리, 얘깃거리를 찾아 떠돌게 마련인지라 일찍부터 목록에 올라 있었지만, 오늘도 역시 3라만상에 밀려난다.

나라 나영아, 보라야, 오랜만이야. 오늘 시간 괜찮아? 나 서울에 출몰
예정!!

톡방에 일단 내 계획을 올린다.

휴일이라 다들 늦잠을 자고 있는지 반응이 없다. 일단 기다려
보기로 한다. 구름다리를 내려오자 도로에는 차가 없고 보도에도
사람이 없다. 보도를 따라 선 가게들도 24시간 편의점 외에는 아
직 문을 연 곳이 하나도 없다. 시골 마을에 들어선 미니 신도시의
휴일 아침다운 풍경이다. 일요일 아침의 여유가 저수지의 물안개
처럼 일대에 가득 차 있다. 멀리 정거장 부스에 앉아 있는 사람 하
나가 유일하게 눈에 띈다. 이곳은 정거장 부스도 신도시답다. 옆
에 별도의 공간이 딸려 있는데 그 공간은 냉난방 시스템이 다 갖
춰져 있어 한여름에는 시원하고 겨울에는 따뜻하다. 정거장 부스
에 가까워지니 벤치에 앉은 사람이 자세히 보인다. 세련된 차림
의 할머니다. 텅 빈 보도, 정거장 부스에 홀로 앉아 차를 기다리는
할머니…… 일요일 아침 신도시 풍경으로 그럴듯해 보인다.

참새가 방앗간을 그냥 지나칠 수는 없지. 나는 재빨리 그 장면
을 담는다. 도로와 텅 빈 보도와 유리 부스까지 다 들어오자 한적
한 거리 분위기가 잘 살아난다. 유리 부스 너머 동그마니 앉은 할

머니는 실루엣만 살리면 된다. 도시의 밤이 아니라 신도시 일요일 아침 풍경인데도 엄마가 좋아하는 화가 호크니 그림 분위기가 난다. 둘 다 호젓하고 외로워 보이는 건 마찬가지다.

"학생, 여기 좀 와 봐."

사진 찍는 나를 발견한 할머니가 손짓하며 나를 부른다. 가까이 다가가니 멀리서 보던 할머니와 분위기가 다르다. 차림새부터 심상찮다. 맨발에 빨간 샌들형 구두를 신고 베이지색 트렌치코트를 입었다. 희끗희끗한 머리 위에는 검은 선글라스가 걸쳐져 있다. 언뜻 보면 세련된 차림인데 자세히 보니 옷이 구겨지고 땟국이 자르르 흘렀다. 게다가 할머니 옆에는 짐이 잔뜩 놓여 있다. 보따리도 있고 자잘한 살림살이가 뒤엉긴 채 담겨 있는 명품 쇼핑백도 눈에 띄었다. 골프장 우산처럼 긴 우산이 짐에 기대 있었는데 손잡이뿐 아니라 접힌 우산의 끝자락도 금색 테두리다. 아무래도 홈리스 할머니 같다.

"공항버스 오지, 여기? 에어포트 가는 거."

어쩐지 할머니답지 않은 도도함이 느껴지는 멘트다. 홈리스 중에는 이런 이국 취향의 공주과 할머니도 있는 모양이다. 혹시 실종 신고 된 할머니는 아닐까 싶은 생각에 휴대폰을 확인해 본다. 재난 문자에 섞여 가끔 인근 지역에서 실종자 찾는 문자가 날아오기도 하니까. 하지만 오늘은 그런 문자가 하나도 없다.

"공항버스. 그서 여기 오시?"

되풀이되는 말로 미루어 공항이 이 할머니의 목적지인 건 분명해 보인다.

"여기는 공항버스 안 와요, 할머니. 서울 가셔야 해요. 일단 서울역 쪽으로 가세요. 20분 뒤에 오기로 돼 있는 저 버스 타시면 돼요."

나는 전광판을 가리키며 버스 번호를 알려 준다.

"공항버스가 왜 안 와. 여기 코리아 아니야?"

"맞아요. 코리아, 대한민국. 이따가 빨간 버스 오면 그거 타고 일단 서울역까지 가세요. 거기 가면 공항버스도 있고 공항 가는 전철도 있어요. 무조건 서울역부터 가셔야 해요."

"엉, 그래? 비행기 시간이 얼마 안 남았는데."

할머니가 손목을 흘끗 들여다본다. 손목에 시계도 없건만. 할머니는 선글라스를 내려 쓰더니 버스 안내 전광판과 자신의 손목을 번갈아 가며 들여다본다.

나는 다시 단톡방을 확인한다. 언제나처럼 나영이 톡이 제일 먼저 와 있다. 내가 올린 메시지를 읽은 모양이다.

나영 와, 나라야. 이게 얼마만이야. 나 오늘 만남 가능! 원장님은 지방 출장, 방장 언니는 외출 중이거든. 약속 정해지면 빛의 속도로 달려갈 수 있음.

보라는 아직 접속 전이다.

나라 나영아, 진짜 반가워! 우선 만날 시간만 잡아 놓자. 12시에서 1시 사이에 어때?
나영 좋아!
나라 10시까지만 기다려 보고 그때까지 보라 답 없으면 우리끼리 먼저 만나지 뭐!
나영 응!

일단 그렇게 톡을 마무리한다. 이제 보라만 확인하면 된다. 저수지를 한 바퀴 돌고 돌아와서 10시 언저리 차를 타면 될 것 같다.

"공항버스 오는 거 맞지, 에어포트 가는 거?"

할머니가 도돌이표 물음을 반복한다. 답을 구하는 물음인지 습관적 중얼거림인지 알 수 없다. 종착지는 달라도 1차 목적지가 서울인 것은 나와 할머니가 같다. 하지만 같은 버스가 아닌 데다 나는 10시 이후에 출발해야 한다. 이 할머니가 버스를 무사히 타는 걸 보고 가야 할지 말지 망설여진다. 마침 부부로 보이는 아저씨 아줌마가 나란히 부스로 들어선다. 결혼식장 아니면 교회를 가는지 둘 다 말쑥한 외출복 차림이다.

"저, 부탁 좀 드려도 될까요? 이 할머니 서울역 가신대요. 버스 오면 좀 알려 주실 수 있으세요?"

내 말에 중년 부부는 미심쩍은 눈길로 나와 할머니를 번갈아 보더니 마지못한 듯 고개를 끄덕인다.

"나, 서울역 안 가, 이년아! 인천공항 간다고!"

할머니가 버럭 소리치는 바람에 나는 놀라 뒤로 물러난다.

"이년이 나를 서울역에 팔아넘기려 하네. 나 미국 간다고. 아메리카! 에이 서울역 같은 년."

악다구니에 놀란 나는 중년 부부에게 할머니를 잘 부탁한다는 뜻으로 꾸벅 고개를 숙이고는 도망치듯 그 자리를 벗어난다. 한참 가다 뒤돌아보니 중년 부부 역시 할머니를 피해 다른 벤치로 자리를 옮기고 있다.

서울에서 살 때는 역 주변에서 더러 이런 홈리스를 보았지만 이 동네에서는 처음이다. 길 잃은 미운 오리 새끼를 우연히 만나면 이런 느낌일까. 안쓰럽고 도와주고 싶지만 부리에 쪼일 것 같아 선뜻 손을 내밀기도 어려운……

어릴 적 엄마랑 역 광장을 지날 때의 일이 생각난다.

"엄마, 비둘기들이 왜 이런 데 살아?"

광장 바닥에 깔린 과자 부스러기를 먹고 있는 비둘기들이 신기했다. 그림책이나 애니메이션에는 새들이 숲속에 사는 걸로 나와 있었다.

"동물이든 사람이든 먹거리가 많은 곳에 사는 법이야. 봐, 사람들이 먹을 걸 많이 주잖아."

대학생처럼 보이는 여자가 먹고 남은 햄버거 빵 조각을 비둘기에게 던져 주고는 손을 털었다. 어떤 아기는 과자를 자기 입에 하나 넣고 비둘기를 향해 던지고 하는 걸 놀이처럼 반복했고 아기 엄마는 그 모습을 열심히 휴대폰에 담고 있었다.

"비둘기만 많나? 홈리스도 많고 전단지 뿌리는 사람도 많잖아."

그러면서 엄마는 좋은 얘깃거리라도 발견한 듯 도시가 어떻게 생겨났는지에 대해 뉴욕과 서울과 파리를 오가며 설명해 주었다. 역 앞 비둘기에서 시작한 이야기가 온 세계를 떠돌더니 집에 도착했을 때는 서울 집값 문제에 닿아 있었다. 현관문을 열며 엄마가 넋두리하듯 말했다.

"홈리스가 따로 있나. 우리가 홈리스지."

단톡방을 다시 확인해 보지만 보라는 여전히 확인 전이다. 우등생답게 보라는 공부 스케줄이 빡빡한 데다 가게 일도 도와야 하기 때문에 예전부터 우리 중에서 가장 바빴다. 만일 보라가 시간이 안 되면 나영이와 단둘이 만나면 된다. 사전 약속 없이 만나는 거라 어쩔 수 없다. 어쨌든 내친김에 서울은 무조건 가는 거다. 광역버스 노선과 시간을 확인해 보니 옛 동네까지는 넉넉잡아 2시간 걸린다. 10시쯤 출발해 친구들과 만나 같이 점심 먹고 영화를 보거나 쇼핑을 하며 놀다가 막차 타고 오면 꽉 찬 하루 일정이 될 것 같다.

나영이도 나처럼 집보다 학교를 좋아한, 더 정확하게 말하면 귀가를 좋아하지 않는 경우였다.

"시설도 가끔 집처럼 변할 때가 있어. 원장님 안 계시면……."

나영이가 말하는 집이란 지옥이라는 의미였다. 엄마 아빠가 만들어 내는 지옥을 피해 시설로 들어갔지만 그곳도 낙원은 아니더라는 것. 시설의 언니 오빠들이 동생들을 못살게 군다고 했다. 나영이는 싱글 맘을 둔 보라와 나를 부러워한다. 나영이 부모님은 합의를 못해 아직 이혼도 안 한 채 별거 상태다. 나영이는 엄마 아빠가 이혼하더라도 어느 쪽도 따라가지 않을 거란다. 자신은 특성화고에 진학해 졸업하면 바로 시설을 벗어나 취직해 돈을 벌고 자유롭게 살아갈 거라고 했다. 우리 셋 중에서는 앞날에 대한 계획이 가장 구체적이고 목적도 뚜렷하다.

보라는 학교 끝나면 바로 엄마 가게 일손이 되어야 했기 때문에 나는 나영이와 어울리는 시간이 훨씬 많았다. 우리 둘은 학교 주변 놀이터나 공원, 아니면 시장으로 잘 쏘다녔다. 가끔 보라가 도움을 청해 오면 셋이서 보라네 가게로 몰려가기도 했다. 보라 엄마는 시장 한쪽에서 베트남 쌀국수 가게를 했다. 보라는 아홉 살에 아빠를 잃고 엄마와 단둘이 산다. 엄마가 가장인 건 우리 집과 비슷하다.

보라 엄마가 하는 가게는 시장에서도 꽤 유명한 가성비 맛집이었다. 일손을 돕고 나면 우리는 보라 엄마가 차려 준 베트남 음식을 실컷 먹을 수 있었다. 난 쌀국수를 좋아했고 나영이와 보라는 반쎄오나 분짜를 좋아했다. 그렇게 배불리 먹고 나면 보라는 학원으로, 나영이는 시설로 돌아갔다. 그때부터 나는 혼자 놀아야 했다. 시장통이나 동네 골목길을 헤집고 다니며 사진을 찍거나 그 일이 지루해지면 피시방 아니면 동네 도서관에 가서 죽치면서 시간을 보냈다.

가끔 그런 골목길이 그립기도 하다. 이 신도시 아파트 단지는 골목길 같은 건 아예 없다. 그렇다고 아주 갈 곳이 없는 건 아니다. 아파트 단지 바깥쪽에 있는 호수나 호수 앞 도서관도 좋다. 산길을 따라 저수지로 갈 수도 있고 인근에 있는 유적지를 찾을 수도 있다. 유적지라고 해 봤자 높은 둔덕 같은 토성이 전부이긴 하지만……. 역사책에도 나오는, 고려시대 몽골군과 항쟁이 있었던 성이라고 해서 한껏 기대를 하고 갔더니 영 실망스러웠다. 흙담으로 둘러진 둔덕이 전부였다. 토성 위에 올라서면 거대한 콘크리트 구조물인 우리 아파트 단지가 한눈에 들어온다. 초록의 능선들 사이에 블록처럼 우뚝 솟은 아파트 건물은 생뚱맞기도 하고 난폭해 보이기도 한다. 아파트 단지의 구름다리에서 보는 풍경과 토성에서 아파트 단지를 바라보는 풍경은 느낌이 백팔십도 다르다. 오랜 시간 이 자리를 지켜 왔던 산들이 이루는 능선은 자연스럽고 안정감 있어 보이지만 능선 사이를 비집고 들어선 아파트 건물은 침입자로 보인다. 그래서 어쩌라고. 국도의 70퍼센트가 산인 나라에서. 콘크리트 건물은 한 번씩 그렇게 항변하는 듯하다.

연못 앞 벤치에 앉아 나는 지금까지 찍은 사진부터 정리한다. 한 장면을 여러 컷 찍기 때문에 쓸 만한 걸 미리미리 선별해 놓아야 한다. 나중에 일기를 쓰면서 그것들은 또 한 번 추려진다. 오늘은 일단 당근 나눔에서 만난 우즈베키스탄 남자 이야기가 일순위다. 말만 통했더라면 더 얘기를 나눌 수도 있었는데 아쉽긴 하다. 홈리스 할머니도 후보다. 정거장 부스의 그 할머니 사진도 이제 보니 꽤 그림이 좋다.

까톡!

드디어 보라가 접속하면서 셋의 실시간 대화가 가능해진다.

보라　오, 나라. 나영아! 진짜 오랜만이네. 다들 보고 싶어.

나라　보라야, 나는 너 이민 간 줄 알았어. 잘 지내지?

보라　근데 어떡해, 나 4시에 과외 끝나는데.

나라　일요일에 웬 과외? 뇌세포도 하루는 쉬어 줘야지.

보라　내 머리는 금, 토에 완전히 비워져 깡통이 되거든. 일요일에 채워야 해.

나라　그럼 과외 끝나고 와. 나영이랑 둘이서 먼저 만나 놀고 있을게.

나영　그래, 보라는 과외 끝나고 같이 보자.

보라　과외 끝나면 엄마 가게 가서 일 도와야 해. 엉엉. 일요일은 알바생 언니 쉬는 날이야.

나라 그래? 그렇다고 서울까지 가서 어떻게 보라를 안 만나고 오냐.

보라 얘들아, 미안하지만 너희들이 우리 가게로 오는 건 어때?

나라 나도 막 그 말 하려던 참이었어. 오케이!

나영 나도 좋아. 보라네 가게 새로 오픈했다며?

나라 시장 안에 있던 가게 아냐?

보라 올해 초에 우리 엄마 소원대로 더 넓은 가게 얻어 들어갔어.

나라 우와, 축하해! 가게 구경도 하고 잘됐다.

나영 예전처럼 일 좀 거들고 저녁 얻어먹으면 되겠네. 난 보라 어머니가 만들어 주신 분짜 먹고 싶어.

보라 그래. 엄마도 너네들 보고 싶어 해. 우리 가게에서 저녁 먹고 같이 움직이자.

나라 알았어! 시간 맞춰 너네 가게로 갈게.

일정이 단번에 완성되었다.

*

"저 가게다."

나영이가 먼저 보라네 가게를 발견하고 손으로 가리킨다. 가게를 보는 순간 내 입에서 탄성이 절로 나온다. 시장 한쪽 구석에 있던 예전의 보라네 가게와는 비교도 안 될 정도다. 규모도 세련된 인테리어도 거의 체인점 수준이다. 빨간 간판에는 '엔•트랑 쌀국수'라는 한글 아래 베트남 글자가 나란히 쓰여 있다. 나트랑이라는 지명이 떠올라 혹시 보라네 엄마 고향인가, 하는 생각이 스친다. 가게로 들어서니 보라와 보라 엄마, 한쪽 건너 테이블에 앉은 낯선 베트남 아저씨까지 모두 셋이다.

브레이크 타임이라 다른 손님은 없다. 특이한 건 보라와 보라 엄마 둘 다 베트남 전통 의상인 아오자이 차림이라는 것. 역시 고급 식당에 어울리게 의상까지 신경 쓴 것이다. 보라는 상의만 아오자이에 바지 차림이지만 보라 엄마는 긴 원피스 아오자이를 갖춰 입었다. 보라 엄마가 이렇게 세련되고 미인이었던가, 싶을 정도다.

"나라야, 니, 진짜 마이 컸네. 나영이는 그새 더 이뻐졌고."

보라 엄마가 가게에 들어선 우리를 보고 유창한 경상도 사투리로 반기며 차례로 포옹까지 한다. 보라 아빠가 경상도 사람이라 처음부터 사투리로 한국말을 배운 것이다.

"나라야, 이사 간 너거 동네 학교는 어떻노?"

보라 엄마는 내게 학교 분위기부터 엄마의 공부방 얘기와 앞으로 고등학교는 어떻게 할 거냐 등등 주로 학교와 공부 관련 얘기를 물어 온다. 여느 한국 학부모들과 마찬가지로 보라 엄마는 교육열이 대단하다. 우리 셋 중에서도 보라는 일찍부터 학원도 다니고 과외도 했다. 보라 엄마 말로는 어릴 적부터 보라를 가게 일

손으로 썼기 때문에 그걸 보상해 주기 위한 거란다. 그 덕인지 보라는 중1 때도 반에서 공부를 제일 잘했다. '3라만상'이 친구들 사이에서 기죽지 않은 것도 보라 덕이었다.

"아오자이 진짜 이쁘네."

나영이는 보라 옷소매까지 만지며 관심을 보인다.

"알바생 언니 거야. 쪽팔려도 할 수 없지 뭐."

보라는 칭찬을 냉소로 받아친다.

"보라야, 저 아저씬 누구야?"

나는 건너 쪽 테이블에 앉아 책인지 장부인지를 들여다보고 있는 젊은 베트남 아저씨를 가리킨다.

"우리 엄마한테 물어봐."

보라가 냉소 어린 투로 말하자 보라 엄마가 선뜻 나선다.

"보라 외삼촌."

짧게 답한 보라 엄마는 그 아저씨를 향해 베트남어로 뭐라고 말한다. 그러자 아저씨는 쭈뼛거리며 우리에게 다가온다.

"만나서 반갑습니다."

보라 외삼촌도 아침에 만났던 우즈베키스탄 남자처럼 한국어 발음이 또렷하다. 아담한 체격에 얼굴선이 곱고 부드럽다. 유난히 검고 커다란 눈이 보라 엄마와 닮은 것 같기도 하다.

"아이고, 벌써 손님들 오시네."

보라 엄마가 서둘러 자리에서 일어난다.

브레이크 타임이 끝나기도 전에 손님이 들이닥쳐 각자 맡은 자리를 찾아든다. 보라는 계산대, 보라 엄마와 베트남 아저씨는 주방이 각자 위치다. 손이 빠른 나영이는 보라 엄마를 따라 주방으로 가고 나는 보라가 있는 계산대 옆에 자리한다.

계산대 옆에 키오스크까지 설치돼 있는 보라네 새 가게는 시장 한쪽 구석에 있던 이전 가게와는 비교가 안 될 정도다. 조명에서 좌석 배치까지 실내 인테리어가 고급 식당으로 손색이 없다. 혼밥 손님을 위한 1인석도 유리 벽면을 따라 있고 단체 손님을 위한 오픈형 룸도 하나 있다.

저녁 시간이 되자 '혼밥' 손님이 많아진다. 희끗한 머리의 할아버지가 앉은 자리 하나 건너에 파란 캡 모자 청년, 그리고 한 자리 건너 베트남 여자처럼 보이는 긴 머리 아가씨가 혼밥족이다. 캡 모자 청년은 친구와 통화를 하면서 새우튀김을 간장에 찍어 먹고 있고 노인은 어두운 거리를 내다보며 연신 쌀국수 국물을 후루룩거린다. 젊은 여자는 열심히 휴대폰을 스크롤하며 식사 중이다. 그 뒷모습을 담고 보니 유리면에 비친 실루엣까지 잡혀 이중 효과가 난다. 필터링을 잘하면 괜찮은 작품이 나올 것 같기도 하다.

"나라야, 저기 생수대 앞쪽 자리 손님이 찾으셔. 한번 가 봐."

보라가 사진에 빠져 있던 나를 일깨운다. 계산대에서 손님이 내민 카드로 계산을 하면서도 보라는 가게 안 손님들 일거수일투족을 다 꿰고 있다. 신기할 정도다.

"너거들 고생 많았다. 인자 여게 앉아서 저녁 무라."

보라 엄마가 나영이를 데리고 주방에서 나오며 말한다. 7시가 넘어서면서 손님이 뜸해지더니 8시가 되니 뚝 끊긴다.

"나영이는 주방 일도 똑 부러지게 잘하대. 나중에 커서 살림도 잘하겠더마."

보라 엄마가 우리가 앉은 테이블에 음식을 날라다 주며 나영이 칭찬을 한다.

우리 셋은 테이블에 앉아 주방에서 계속 나오는 음식을 코스 요리처럼 먹는다.

"보라 외삼촌 요리 솜씨는 거의 호텔 주방장 수준이네."

호텔 요리를 먹어 보기라도 한 것처럼 내가 말한다.

"진짜, 예전의 시장 가게에 있던 메뉴와는 비주얼부터 달라."

새 음식이 나올 때마다 나영이도 감탄하느라 정신이 없다.

보라는 묵묵히 먹는 데만 열중하더니 제일 먼저 수저를 놓고 일어선다. 그러더니 어느새 평상복 차림으로 갈아입고 나타난다.

"우리, 코인 노래방 가자."

엄마한테서 용돈까지 받아 챙긴 보라가 가게를 나서며 말한다.

"좋아 좋아!"

우리는 환호하며 노래방으로 간다. 일요일 저녁이라 그런지 노래방도 한산해 제일 좋은 방을 고를 수 있다.

보라가 먼저 노래책을 집어 들고 선곡을 한다.

김건모의 「잘못된 만남」이다.

"전국노래자랑 분위기로 가는 거야?"

눈을 동그랗게 뜬 나영이의 반문에 보라가 대꾸한다.

"우리 엄마 십팔번이야."

보라 엄마가 보라를 가졌을 때 흥겨운 댄스곡이라 자주 들었다고 했다. 특유의 노래 실력을 뽐내며 보라가 첫 테이프를 끊는다.

"우리, 각자 엄마의 십팔번을 부르기로 하는 거 어때?"

첫 곡 분위기에 맞추느라 내가 제안한다.

"난, 울 엄마 십팔번은 모르는데. 아빠 십팔번 불러도 되지?"

나영이는 늘 엄마보다 아빠 쪽이다.

나는 엄마가 좋아하는 김윤아의 「봄날은 간다」를, 나영이는 아빠 십팔번이라는 클론의 「쿵따리 샤바라」를 선곡한다. 나영이도 보라만큼이나 성량이 풍부하고 고음이 잘 올라가 노래 실력이 수준급이다. 그래도 점수는 보라가 100점, 나는 98점, 나영이는 95점으로 부른 순서대로 높게 나왔다. 원래 그렇게 설정돼 있는 걸 잘 알고 있는 우리는 점수에 구애받지 않는다.

두 번째 곡부터는 우리 세대 음악으로 넘어오나 했는데, 보라는 또다시 「잘못된 만남」을 고른다. 첫 곡을 제대로 못 불러 그러나 보다, 생각하며 넘어간다.

"오 마이 갓!"

보라가 세 번째 곡도「잘못된 만남」을 선곡하자 나영이가 황당해하며 외친다.

이쯤 되자 나도 나영이도 보라한테 뭔가 '단단히 잘못된' 게 있을 거라고 확신한다. 더는 노래할 기분이 아니어서 나영이에게 눈짓을 하자 나영이도 금세 내 생각을 파악한다.

"우리 이제 카페 가서 수다나 떨자."

보라의 세 번째「잘못된 만남」이 끝나자 나영이가 재빨리 말한다.

"그래, 카페 가자. 이번엔 내가 쏜다."

내 말에 나영이가 환호하며 서둘러 자리에서 일어난다.

"왜? 목도 몸도 다 풀고 이제 제대로 놀아 보려고 하는데?"

보라는 뾰로통하게 말하면서도 슬그머니 마이크를 내려놓는다.

우리 삼총사는 누가 한번 의견을 내면 군소리 없이 따르는, 삼라만상다운 자연스러움과 순리를 좋아한다.

"보라야, 너 뭐 맺힌 거 있어? 왜 그래?"

카페에 자리 잡고 나자 나영이가 진지하게 묻는다.

"잘못된 만남 같은 게 생긴 거야, 너한테?"

나도 농 섞인 말로 거든다.

보라는 갈증이 나는지 자몽 주스를 빨대 없이 직접 들이켠다. 단번에 반 컵이나 비우고 나더니 냅킨으로 입가를 슥 훔친다.

"울 엄마 얘기야."

입 닦은 냅킨을 신경질적으로 구기며 보라가 대답한다.

"잘못된 만남이?"

"누구랑?"

"아까 그 아저씨랑."

보라의 목소리가 심각해진다.

"외삼촌이라는 아저씨?"

"외삼촌 아냐. 원래 주방장으로 들어온 사람이야."

"아, 그래서. 아까 주방에서 오가는 말이 약간 이상하긴 했어."

나영이도 짐작이 간다는 듯 한마디 한다.

"어떻게?"

"보라 어머니가 무심결에 '자기야' 그랬던 것 같아, 그 아저씨 한테."

나영이가 그제야 실토하듯 말한다.

"없던 아빠 새로 생기면 좋지 않나? 난 좋을 것 같은데……."

내가 보라 눈치를 보며 조심스럽게 말한다.

"난, 싫어. 그리고 그 아저씨, 우리 엄마보다 네 살이나 어려."

"그게 뭐 어때서. 젊으면 좋지. 인상도 좋아 보이던데."

내가 받아치자 나영이가 몰래 내 손을 꼬집는다. 보라가 아홉 살 때 세상을 떠난 보라 아빠는 엄마보다 스물다섯 살이나 많았 다고 했다. 보라 엄마는 스무 살 때 마흔다섯 살 노총각인 보라 아 빠와 결혼했던 것이다. 술에 절어 살던 보라 아빠는 쉰다섯에 간

암으로 세상을 떠났다. 보라는 아빠에 대한 기억이 좋지 않을 뿐 아니라 남자에 대한 생각 자체가 부정적이다. 자신은 절대 결혼하지 않고 독신으로 살 거라고 우리한테 일찌감치 선언했다. 열심히 공부하는 이유도 전문직을 얻어 혼자 번듯하게 살아가기 위해서라고 했다.

가족 얘기만 나오면 삼총사 중에는 우리 집이 제일 쿨해 보인다. 나는 아빠에 대한 기억이 전혀 없다. 엄마도 한 번도 그런 얘기를 내게 해 준 적 없다. 부모의 갈등을 본 적이 없어서인지 나는 남자나 아빠에 대한 선입견도, 나쁜 기억도 없다. 그저 엄마 혼자 모든 걸 책임져야 한다는 사실이 좀 안쓰러워 보이는데 보라나 나영이 경우와 비교하면 그마저 행복한 고민 같다.

"그냥 엄마 뺏기는 기분이야."

보라가 새침하게 대꾸한다.

가게에 들어설 때부터 세 사람 사이에 흐르던 묘한 분위기가 조금씩 이해되었다.

"'옌·트랑'이라는 가게 이름도 엄마랑 그 아저씨 이름 따서 지은 거야. 청춘 남녀도 아니고 유치하게."

말끝에 보라는 혀를 찼다.

"너네 엄마는 뭐라시는데."

"엄마는 나더러 더 이상 식당에 나오지 말고 공부만 하래. 식당에서 일 거드는 것도 오늘이 마지막인지도 몰라."

"잘됐네. 축하할 일이잖아."

"그래. 엄마를 뺏긴다 생각하지 말고, 엄마로부터 해방된다고 생각해. 그 아저씨한테 넘겨 버려. 엄마에 대한 너의 부담을……."

이런 말 할 때의 나영이는 진짜 어른 같다. 가족 문제라면 자신이 누구보다 잘 알고 있다는 태도다. 그건 보라와 나도 인정한다. 보라네도 우리 집도 다 문제가 있지만 나영이 경우에 비할 바는 아니다.

"야, 이 사진 좀 봐. 웃기지?"

내가 휴대폰을 보여 주며 화제를 바꾼다. 노래방에서 보라와 나영이가 노래 부르는 뒷모습을 담은 것이다.

"언제 이걸 다 찍었대?"

"내가 괜히 찍사겠니. 잠잘 때 빼고 이 생각만 하고 살아."

"나도 그 '덕후'의 경지 인정!"

"맞아. 사진 빼면 나라는 좀비지 뭐. 평소 때 거의 얼빠진 애 같잖아. 아까 식당에서도 그렇고."

보라가 기어이 가게에서의 내 태도를 꼬집는다. 보라가 계산대를 지키며 손님들 일거수일투족을 꿰고 있는 동안 나는 사진 생각만 하고 있었으니 보라 눈에야 어리바리한 초보 알바생처럼 보였을 것이다.

"역시 댄스곡이라 그런지 몸도 리드미컬해 보이네."

나영이는 계속 사진을 들여다보며 감탄한다.

사진을 돌려보며 깔깔거리느라 심각했던 분위기는 어느새 오간 데 없다.

*

이상하게도 집 안이 조용하다. 안방으로 가 보지만 방에는 아무도 없다. 욕실, 베란다, 다용도실까지 살펴보지만 엄마가 보이지 않는다. 웬일이지? 집이 일터이자 휴식처인 엄마는 분리수거때 재활용 쓰레기 버리러 나가는 일 외에는 현관문 밖으로 잘 나서지 않는다. 일요일인 오늘은 분리수거와도 상관없는 날 아닌가. 생필품에서 전자제품까지 쇼핑이야 전부 온라인으로 해결하고 운동은 아침에 일어나면 침대 옆에서 하는 30분 요가가 전부다. 내가 밖으로 도는 '바람돌이'라면 엄마는 타고난 '집콕' 체질이어서 안사람 바깥사람 구분이 명확하다.

방전된 휴대폰을 충전기에 꽂고 확인해 보니 엄마한테서 온 부재중 전화가 다섯 통이다. 미리 알렸어야 했는데……. 버스에 올랐을 때 이미 휴대폰은 방전 상태였다.

"엄마, 어디야?"

급속 충전한 휴대폰으로 통화한다.

"너야말로 어디냐?"

화난 목소리다.

"나, 집이지."

"나는 집에 있다가 너 찾으러 나섰잖아. 전화 안 받아서 얼마나 걱정했다고."

"나도 걱정이 돼서 엄마한테 지금 전화하는 거잖아. 그건 그렇고 엄마도 나를 걱정하는 그런 사람이었어?"

"이것이 말인지 막사발인지, 막 하네."

"그래서 어디라고?"

"호수 근처야, 이제 건너가야겠네."

통화를 마치고 나는 엄마를 마중하러 나선다. 호수 근처라면 동선이야 뻔하다. 아파트 마당에서 구름다리로 접어들자 멀리서 사람 실루엣이 보인다. 하늘에는 보름달이 훤히 걸려 있다. 버스에서 내려 집으로 올 때는 안 보이던 달이 이제야 보인다. 아무래도 엄마는 저 달이 내뿜는 빛에 홀려 집을 나선 모양이다. 호수 쪽으로 방향을 잡았다는 것도 그렇고……

"견우직녀도 아니고, 다리 위에서 모녀가 달밤에 이게 무슨 시추에이션이냐."

엄마의 말이 적막한 밤공기를 뚫고 다가온다.

"엄마야말로 왜 안 하던 짓을 하고 그래. 저 달빛에 홀려 나선 거지?"

내가 달 타령을 한다.

"어디 갔다 왔어, 넌?"

대답 대신 채근부터 한다.

"서울! 친구들 만나고 왔어."

"어쩐지, 내가 아니라 니가 뭔가에 홀려 있었구나. 그나저나 출세했네, 서울도 갔다 오고."

"엄마도 서울 구경 한번 가 봐. 모처럼 가니까 빽빽한 빌딩도 정겨워 보이던데. 먼지 많은 지하철 공기에서도 문명의 냄새가 나고."

"촌년 티 다 내고 왔구나."

"엄마는 촌년 티 날까 봐 서울 안 가는 거야?"

"나한텐 여기가 서울 이상이야. 이 신선한 숲의 향기, 투명한 밤공기, 얼마나 좋아."

엄마가 보란 듯 숨을 깊이 들이마신다.

"웬 촌사람 청승이래. 그나저나 아무리 바빠도 이렇게 밖으로 좀 나다니고 그래. 운동도 웬만하면 밖에서 하고."

기다렸다는 듯 내가 엄마의 '집콕' 성향을 꼬집는다.

"창문만 열면 집 안까지 숲의 공기, 향기 다 배달되는데 뭐."

"나 참, 배달의 민족 아니랄까 봐."

완연한 가을밤 정취가 공기에 물씬 묻어난다. 역시 서울 공기와 비할 건 아니다. 우리는 구름다리 난간에 기대서 보름달 아래 훤히 펼쳐진 텅 빈 도로와 주변 풍경을 둘러본다.

"그래서 모처럼 친구들 만나니까 좋넌?"

"그럼." 반사적으로 받아친 다음 나는 달을 바라보며 중얼거린다. "원래 있던 것이 없어지는 것만큼이나 없던 것이 새로 생기는 일도 당혹스러운가 봐."

엄마가 무슨 소리냐는 듯 나를 흘긋 쳐다본다. 그제야 나는 서울에서 있었던 일들을 하나씩 꺼내 놓는다. 새로 문을 연 보라네 근사한 식당부터 노래방에서 있었던 일 하며 보라 외삼촌 얘기까지. 그중에서도 핵심 뉴스는 역시 보라 외삼촌이라던, 보라 엄마의 남자 친구 얘기다. 보라가 그 일로 심각하게 고민 중이라는 말도 덧붙인다.

"의외지 엄마, 보라 반응이? 난 엄마한테 남자 친구가 생기면 좋을 거 같은데."

나는 보라보다 엄마 반응이 궁금하다.

하지만 엄마는 아무런 대꾸가 없다.

"정말 의외 아냐?"

내가 다그치듯 한 번 더 묻자 엄마는 그제야 마지못한 듯 입을 뗀다.

"보라 엄마도 아마 그놈의 웬수 같은 딸의 앞날을 위해 내린 결정일 수도 있어. 식당 나오지 말고 공부만 하라고 했다며?"

"하긴, 엄마와 딸 같은 웬수지간이 하늘 아래 또 있을라고."

나도 질세라 받아친다.

"점점 으슬으슬해 오네."

엄마는 난간에서 몸을 떼며 양팔을 감싸더니 집을 향해 걸음을 내딛는다.

나도 엄마 뒤를 따라붙는다.

달빛에 비친 그림자 두 개가 겹쳤다 떨어졌다 한다.

"달도 뒷모습만 찍나 보네."

오월의 생일 케이크

민서는 고소한 냄새에 잠을 깼다. 냄새에 깬 것인지 깨어나 냄새를 맡은 것인지 알 수 없지만 여느 일요일보다 일찍 깨어났다. 유난히 냄새에 민감해 '예민 민서'에 이어 '개코'라는 별명까지 따라붙었다. 요즘 반려견 위상을 생각하면 호사로운 별명이 아닐 수 없다. '오감 중 제일 저급한 감각이 후각이래.' 가방 끈 좀 더 긴 고3 누나가 비아냥대도 민서는 콧방귀조차 뀌지 않았다. 대한민국 고3의 일상 따윈 개도 안 쳐다본다는 사실을 누나는 알기나 할까.

민서는 휴일 아침의 달콤한 잠을 뒤로 하고 냄새의 진원지를 찾아 나섰다. 아니나 다를까, 식탁에는 하얀 한지가 깔린 채반 위에 부침개와 갓 튀겨 낸 튀김이 먹음직스럽게 담겨 있었다. 동그란 호박전과 초록 고추전 사이에 놓인 분홍 새우튀김부터 눈에 들어왔다. 튀김옷 밖으로 놀란 듯 튀어나온 까만 눈과 긴 수염의 왕새우가 꼬리를 치며 민서를 유혹했다. 자르르 침이 고이면서 잠기운은 말끔히 걷혔다.

"세수부터 하고 와!"

엄마가 새우튀김으로 손을 뻗는 민서를 밀어내며 외쳤다.

욕실로 달려가 빛의 속도로 세수를 끝내고 다시 주방으로 돌아온 민서는 새우부터 집었다. 분홍빛 껍질은 과자처럼 바삭거렸고 속살은 탱탱하고 쫀득해 씹을수록 감칠맛이 났다. 일요일 아침의 여유와 풍요가 한가득 입속에 고였다.

"이따 할머니 집 가서 먹어!"

두 번째 새우를 집어 들었을 때 엄마가 소리쳤다.

재빨리 새우를 입에 문 민서는 '할머니 댁은 왜?'라는 눈빛으로 엄마를 쳐다보았다.

"오늘이 무슨 날인지 몰라?"

'식탐과 늦잠, 둘 다 누릴 수 있는 해피 선데이!'라는 말이 떠올랐지만 새우 살에 막힌 목구멍을 뚫고 나오진 못했다.

눈을 흘기던 엄마가 진열장에서 5단 찬합을 꺼내는 걸 보고서야 민서도 오늘이 무슨 날인지 깨달았다. 큰아빠 생신이었다.

"민서 네가 다녀와야 해. 우리 가족 대표로."

엄마의 말에 민서는 새우 꼬리가 목구멍에 걸리는 느낌이었다.

고3인 누나는 벌써 도서관에 가고 없었고, 엄마 아빠의 일요일은 세상 어떤 일보다 교회가 우선임을 잘 알고 있었다. 하나님 집이 할머니 집보다 먼저인 건 이제 만고불변의 진리로 자리 잡았다. 게다가 요즘에는 할머니 집 방문이 가족 모두의 기피 대상 일 순위가 돼 버렸다. 인기 없는 일은 으레 막내 몫이라는 것, 빠져나갈 구멍은 없다는 것을 민서는 깨달았다. 엄마가 '우리 가족 대표로'라는 가시 면류관 같은 영예까지 얹어 주었으니 더더욱……

엄마는 준비한 음식을 찬합에 담기 시작했다. 큰아빠 생일 음식은 늘 이렇듯 5단 찬합에 담겼다. 한 단은 전과 튀김, 한 단은 삼색 나물, 한 단은 불고기……. 피자 한 판에 치킨 한 마리 주문으로 끝나는 민서나 누나 영서의 5분 생일상 차림과는 차원이 달랐다. 시작부터 완성까지 1박 2일이 걸리는, 수라상에 가까운 차림이다.

"엄마라는 게 뭔지, 평생 자식 걱정에 뒤치다꺼리에……"

민서는 엄마 말에 담긴 그 '엄마'는 엄마가 아니라 할머니라는 것, '자식'도 오늘의 주인공인 큰아빠라는 걸 잘 알고 있었다.

큰아빠 생일 음식 준비는 원래 할머니 몫이었는데, 할머니 건강이 예전 같지 않아 할머니의 간곡한 당부로 엄마에게 넘어온 것이다.

집안 의례 중 할머니가 극성이다 싶을 만큼 정성 들이는 일이 큰아빠 생일상 차리는 일이었다. 며칠에 걸쳐 장만해 둔 식재료로 할머니는 꼭두새벽부터 일어나 음식을 만들어 한상 차려 냈다. 집에서 먹는 생일상인데도 접시 대신 꼭 찬합에 음식을 담았다. 어릴 적부터 그 광경을 봐 온 민서는 제사 음식이 제기에 담기듯 생일 음식은 찬합에 담는 건 줄 알았다.

"신속, 정확, 안전! 배달의 3원칙 잘 알지?"

엄마는 황금색 보자기로 싼 5단 찬합과 미역국과 청주 한 병이 담긴 쇼핑백을 민서에게 건넸다.

"내가 '배달의 민족' 마지막 후손이라도 되는 줄 아는 모양이지, 엄마는……."

*

빌라 마당으로 내려서자 엄마의 향수보다 더 진한 꽃향기가 민서를 반겼다. 옆집 마당의 라일락 나무에서 날아온 향기였다. 식구들 대부분이 추운 겨울에 태어난 데 비해 큰아빠 생일은 이렇듯 꽃으로 화사한 달이다. 할머니는 '화사한'게 아니라 사람 '환장하게' 만드는 달이라고 독설을 날리곤 하지만……. 학교 선생님이었던 할아버지 기운이라도 받은 듯 오월 중에서도 15일, 스승의 날이 큰아빠 생일이었다.

빌라 마당을 벗어나자 꽃향기 대신 음식 냄새가 솔솔 풍겼다. 허기를 자극하는 고소한 냄새에 걸음이 빨라지다가 할머니 집 분위기가 생각나면 다시 걸음이 처졌다. 민서는 혼자 십자가를 지게 된 사실에 억울해하다가 그런 자신을 깨닫고 나면 양심의 가

책이 들었다. 엄마 아빠가 맞벌이여서 민서는 할머니 집에서 어린 시절을 보냈다. 할머니를 엄마, 큰아빠를 아빠처럼 생각하며 자랐기 때문에 내 집이나 다름없는 곳이었지만 점점 할머니 집을 찾는 일이 꺼려졌다. 언젠가부터 그 집에 들어서면 가슴이 답답해 왔다. 할머니도 이전처럼 거동이 자유롭지 않은 데다 은둔형인 큰아빠는 주름과 흰머리가 늘면서 술까지 늘어 집안 분위기가 더 칙칙하고 무거웠다.

'너네 아빠 백수야?' 초등 3학년 때 친구한테 그 말을 듣고 나서야 민서는 처음으로 큰아빠에 관해 생각하게 되었다. 여느 아빠와 달리 큰아빠는 늘 집에만 있었다. 취직도 결혼도 하지 않고 할머니와 단둘이 살았다. 가끔 할머니를 대신해 조카들 돌보미가 돼 주는 것, 정기적으로 병원과 약국을 번갈아 오가는 것, 그것이 큰아빠의 일이라면 일이었다. 그렇다고 큰아빠가 사회생활을 하는 데 문제가 있어 보이지는 않았다. 신체도 멀쩡했고, 졸업은 못했지만 한때 명문대생이었으니 학벌도 빠지지 않았다.

'요샛말로 엄친아, 둘도 없는 모범생이었지.'

할머니는 큰아빠의 학생 시절을 떠올리는 게 유일한 낙으로 보였다.

똑똑하고 잘생긴 데다 심성까지 나무랄 데 없었던 집안의 장남인 큰아빠는 가족의 기대를 한 몸에 받으며 자랐고 명문대 입학으로 그 기대에 부응했다.

'그 빌어먹을 군대가 사람을 망쳐 놓을 줄이야. 깎아 논 밤톨 같은 내 아들을, 세상에, 반편이를 만들어 보내다니……'

억장이 무너지는 듯한 한숨과 함께 쏟아 놓는 할머니의 넋두리를 민서는 귓불이 닳도록 들으며 자랐다.

'어디 다친 데라도 있었으면 우리가 의심을 했겠지. 몸은 생채기 하나 없이 멀쩡했어. 제대하고 나서 한동안 방에 틀어박혀 멍하니 벽만 바라보고 앉아 있는 거야. 면벽하는 수도승도 아니고……'

그 무렵 고등학생이었던 아빠의 증언도 가끔 뒤따랐다.

'세월 가면 나아질 줄 알았지. 한 달 두 달, 일 년이 가고, 십 년 이십 년이 흘러도 그대로더니 어느새……. 흐이유.'

할머니의 한숨은 그간의 세월을 실감나게 해 주려는 듯 깊고도 길었다.

'봄봄 약국' 입간판 앞에서 민서는 걸음을 주춤했다. 어릴 적 큰아빠나 할머니 손잡고 문턱이 닳도록 드나들던 온 가족의 단골 약국이다. 봄봄 약국을 끼고 난 골목길이 할머니 집을 오가는 지름길이었다. 평소에는 지름길인 골목으로 다녔지만 민서는 지름길 대신 이면도로를 택하기로 했다. 짐도 있으니 에둘러 가더라도 안전하고 반듯한 길이 나을 것 같았다.

맛집이 즐비한 이면도로는 평소 오가는 차들로 붐비는데 휴일 아침이라 그런지 한산했다. 사람도 거의 눈에 띄지 않고 차들은 길가에 꼬리를 물며 주차돼 있었다. 늦잠 즐기듯 길게 늘어선 차들을 따라 민서도 한껏 느릿느릿 걸었다. 저 멀리 우뚝 솟은 아파트 단지가 눈에 들어왔다. 할머니 집은 아파트 단지 어귀에 외따로 있었다. 붉은 벽돌로 된 낡은 이층 슬래브 집이 새로 지은 대단지 아파트 어귀에 흉물처럼 남아 있어 아파트 주민들이 드나들 때마다 한 번씩 눈총을 줄 것 같았다. 재건축을 추진할 때 조합장이 수시로 드나들며 할머니를 설득했지만 큰아빠 고집 때문에 끝까지 건설사에 팔리지 않은 유일한 집이었다. 아빠와 큰아빠의 관계가 삐걱거리기 시작한 것도 그 때문이었다.

'어머닌 형이 저러는 게 정상이라고 생각해요? 이 낡은 집에서 어떻게 노후를 보내려고 그러세요?'

아빠는 큰아빠와의 대화를 포기하고 난 뒤부터 할머니를 다그쳤다.

'그래도 우리 집 어른은 장남인 니 형이다. 잘되든 못되든 나는 니 형 뜻대로 살다 죽을란다.'

큰아빠 얘기만 나오면 할머니는 단호했다.

'형 저렇게 된 데는 어머니의 그런 감싸기도 한몫했다구요!'

아빠의 한마디에 분위기가 싸늘해졌다.

'그동안 지 형 덕 본 거는 생각지도 않고, 배은망덕한 것들.'

할머니는 그 말을 끝으로 돌아앉았다.

두 집 관계는 그때부터 빙하기에 접어들었다.

집안 문제에 얽힌 기억이 떠오르자 민서는 걸음이 더 느려졌다. 요즘엔 할머니 집 생각만 해도 가슴이 답답한 정도가 아니라 숨이 막혀 왔다. 민서가 누나와 함께 할머니 집에 살 때는 큰아빠 행동반경도 그나마 넓은 편이었다. 유치원과 학교를 중심으로 놀이공원이나 시내 박물관, 공연장까지 오가는, 조카들을 위한 일이 큰아빠의 활동 영역이었다. 아이들이 원하는 거라면 큰아빠는 뭐든 들어주었다. 조카들이 가자는 대로 따라갔고 하자는 대로 했다. 어린 조카들에게 큰아빠는 늘 예스맨이었고 친구 같은 보호자였다. 그런 큰아빠가 할머니도 아빠도 두 손 다 들 정도로 대단한 고집쟁이라는 사실이 민서는 잘 믿기지 않았다.

이 음식만 전달하고 바로 와야지. 민서는 양손의 짐 무게를 느끼며 다짐했다. 아무리 할머니가 반색하며 잡아끌어도 집 안에 절대 발을 들여놓지 않을 작정이었다. 시험공부를 핑계 삼으면 할머니도 붙잡지 않을 것이다.

그때였다. '쿵' '쾅' 하며 뭐가 크게 부딪치는 소리가 났다. 고개를 돌리는 순간, 민서의 눈에 믿을 수 없는 광경이 잡혔다. 오토바이와 헬멧 쓴 사람과 중국집 철가방이 허공으로 휙 솟구친 모습이었다. 순간적이었지만 영화의 클로즈업 장면처럼 또렷한 광경이었다. 허공의 피사체들은 완만한 포물선을 그리더니 이내 바닥을 향해 곤두박질쳤다. 그 비현실적이면서도 생생한 모습은 바닥과 세게 부딪치는 소리로 실제 상황임을 일깨웠다. 철가방인지 오토바이인지 강하고 요란한 마찰음이 뒤따랐다. 엔진의 휘발유 냄새도 훅 끼쳤다. 길가에 주차된 자동차들에 가려 소리만 들렸을 뿐, 아스팔트 바닥에 펼쳐진 끔찍한 광경은 다행히 보이지 않았다. 그럼에도 민서의 날렵한 상상은 소리가 일깨운 처참한 광경을 생생하게 그려 냈다.

아아, 민서는 탄성을 내뱉으며 그 자리에 얼어붙었다. 다리의 힘이 풀리고 머릿속이 하얗게 바랬다. 주위에 사람도 거의 없었다는 생각이 들자 당혹감은 공포로 바뀌었다. 가슴이 둥둥 방망이질 치고 식은땀이 났다. 짙은 휘발유 냄새와 함께 심폐소생술, 119, 응급처치, 이런 단어가 머릿속에 소용돌이치면서 심장이 조여들었다. 아아, 어쩌지, 할머니 댁에 음식도 전해야 하는데, 아, 어떡해…… 사고 현장 쪽으로는 눈길을 돌릴 자신도 없었다. 늘어선 차들 옆에서 몸을 웅크린 채 민서는 휴대폰을 꺼내야 한다고 생각하면서도 손에 든 짐을 놓을 수 없었다. 그 짐들이 벼랑 끝에서 부여잡고 있는 유일한 밧줄처럼 느껴졌다. 아아, 어쩌지…… 어떡하지……? 머리가 지끈거리고 속도 메슥거렸다. 그때였다.

"빨리 전화 좀 해요!"

이내 다급한 발소리와 함께 어른의 고함이 허공에 울려 퍼졌다. 서둘러 달려오는 발소리, 웅성거림과 외침 소리가 밀려들었다.

"경찰에 신고부터! 아니, 119부터 불러야지!"

또 다른 쪽에서 외침이 들렸다.

연거푸 들려오는 어른들 목소리에 민서는 안도했다. 그건 미성년자인 자신의 도움 따위는 필요하지 않다는 의미로 들렸다. 고개를 드는 순간 길바닥으로 검붉은 점액질의 뭔가가 흘러드는 게 언뜻 비쳤다. 민서는 반사적으로 고개를 돌렸다. 피……? 아니 어쩌면 짬뽕 국물일 수도, 휘발유일 수도 있었다. 민서는 양손에 든 짐을 힘껏 움켜쥔 채 몸을 일으키고는 정면을 향해 눈을 고정했다. 다행히 길가에 주차된 차들이 사고 현장이 보이지 않도록 차단막 구실을 해 주었다. 사람들이 웅성거리는 소리가 자동차 행렬 너머에서 들렸다. 민서는 아파트 단지에 시선을 꽂은 채 걸음을 재촉했다.

안전거리가 확보되고 난 다음에야 민서는 사고 현장 쪽을 흘끗 돌아보았다. 사람들이 그새 제법 모여 있었다. 어른뿐 아니라 민서 또래도 보였다. 남들 눈에 띌세라 민서는 더 빨리 걸었다.

횡단보도 앞에서 신호를 기다리다 민서는 울컥 속의 것을 게워 냈다. 보도블록 위로 아침에 먹었던 것들이 쏟아져 나왔다. 희끄무레한 토사물에 분홍빛 새우 껍질 조각이 언뜻언뜻 박혀 있었다. 주변에 사람이 없어 그나마 다행이었다. 깜박거리는 녹색 신호등이 빨강으로 바뀌기 직전 민서는 도망치듯 횡단보도를 건넜다.

*

"오, 민서구나."

민서는 대문을 열어 준 큰아빠 품에 쓰러지듯 안겼다. 어릴 적 친구한테 얻어맞고 왔을 때처럼…….

큰아빠는 어리둥절해하면서도 민서를 안은 채 예전처럼 묵묵히 머리만 쓰다듬었다. 길을 가다 사람들이 싸우거나 사고 현장을 맞닥뜨리면 큰아빠는 어린 민서가 그걸 볼세라 품에 안고 재빨리 그곳을 벗어나곤 했다. 안전한 곳으로 피한 다음에야 큰아빠는 민서를 품에서 내려놓았다. 민서가 사고 현장에서 반사적으로 큰아빠 품을 떠올린 것도, 혼자라는 사실에 겁먹은 것도 그런 기억 때문이었다. 큰아빠 몸에서 나는 찌든 담배 냄새도 불룩 나온 뱃살도 그렇게 편할 수 없었다. 휘발유 냄새에 비한다면 담배 냄새는 구수한 고향 냄새 같았다. '비위 약하고 예민한 게, 민서는 꼭 지 큰아빠 닮았어.' 민서가 야단맞고 울먹일 때면 할머니가 곧잘 하던 말이었다. '황소고집은 어떻고요.' 아빠도 냉소하듯 한마디 했다.

한참만에야 민서는 큰아빠 품에서 빠져나왔다. 중3이라는 사실도 그제야 생각났다. 머쓱해하며 민서는 눈가를 훔치고 얼굴과 머리를 다듬었다. 큰아빠는 민서 머리만 몇 번 쓰다듬을 뿐 이유는 캐묻지 않았다. 대신 민서가 가져온 음식 보따리를 챙겨 들고 먼저 마당을 가로질러 현관으로 향했다.

"어이구, 우리 귀한 손주 왔구나!"

할머니는 어린애 어르듯 엉덩이를 토닥이며 민서를 맞았다. 평소에는 할머니식 인사가 질색이었지만 이상하게 오늘은 싫지 않았다. 어둑하고 퀴퀴한 냄새가 밴 듯한 거실도 오늘따라 편하게 느껴졌다.

"에미가 애 많이 썼네."

민서보다 생일 음식을 더 애타게 기다렸다는 듯 할머니의 관심은 이내 음식 보따리로 옮겨 갔다.

임무를 끝낸 민서는 거실 소파에 쓰러지듯 누웠다. 속도 불편하고 머리가 지끈거려 앉아 있을 기운도 없었다. 음식만 전하고 바로 가려고 했던 처음 계획은 까맣게 잊은 채였다. 10분 거리의 할머니 집을 오늘은 산 넘고 물 건너 온 느낌이었다. 때론 이 집이 아빠한테 야단맞고 오는 피난처이기도 했지만 오늘은 골고다 언덕을 오르고 난 뒤의 휴식처 같았다. 거실 창으로 마당이 훤히 내다보였다. 큰아빠는 마당 의자에 앉아 화단을 바라보며 담배를 피우고 있었다. 화단에는 크고 작은 꽃들이 다투듯 피어 있었고 덩굴장미는 담장을 타고 올랐다. 어둑한 실내 때문인지 화단이 더 화사해 보였다.

"잡채에 어째 시금치가 빠졌을꼬."

할머니 말이 참기름 냄새와 함께 주방에서 흘러나왔다.

민서는 할머니가 할아버지 제상보다 큰아빠 생일상에 더 신경을 쓰는 사람이란 걸 잘 알고 있었다. 음식 준비가 엄마에게 옮겨간 후에도 일일이 깐깐하게 식재료까지 체크한다는 사실도…….

돌아누운 민서의 눈에 텔레비전 옆에 놓인 액자가 들어왔다. 큰아빠 대학 입학식 때 찍은 가족사진이다. 맨 왼쪽에는 검은 양복차림의 신사, 옆에 검정 교복 차림의 남학생, 그 옆에 꽃을 든 대학생, 맨 끝에는 한복을 단아하게 차려입은 중년 여성이 서 있다. 양복 신사는 할아버지, 교복 입은 학생은 아빠, 꽃을 든 주인공은 큰아빠, 한복 차림의 중년 여성은 할머니다. 잠자리테 안경을 쓴 큰아빠는 호리호리한 몸에 영민한 인상의 청년이다.

'이 집 시계는 저 때에 맞춰져 있어.' 언젠가 엄마가 지적한 것처럼 집 안의 모든 것이 사진 속에 나오는 시절 그대로였다. 난초 화분이 놓인 나전 칠기 서랍장도, 브라운관 텔레비전도, 철제 금고와 구석에 놓인 병풍 자수도……. 민서가 태어나기 전부터 이곳에 놓여 있던 물건들이 변함없이 자리를 지키고 있다. 사진 속 사람들만 변했다. 검은 양복 신사는 민서가 세상에 나오기 직전에 세상을 떠났고 잠자리테 안경의 호리호리한 청년은 희끗한 머리에 배가 불룩 나온 중늙은이로 변했으며 한복을 곱게 차려입은 부인은 구부정한 백발 할머니가 되었다.

사진은 '졸업 사진 없음'의 증명사진처럼 보였다. 당당하게 학사모를 쓴 졸업 사진이 있었다면 입학 사진이 놓일 자리는 없었을 것이다. 입학과 졸업, 그사이에 있었던 군대 시절이 큰아빠 인생을 송두리째 바꿔 놓았다는 걸 민서도 알고 있다.

'그놈의 군대가 웬수다. 돈이든 빽이든 무슨 수를 써서라도 군대는 보내지 말아야 했는데.' 할머니의 3대 단골 멘트였다. '아버지 생각이 엄청난 착각이었죠. 유약한 아들 담력 기른다고 특수부대 같은 델 보내다니…….' 아빠가 할머니 말을 이어받았다. 할아버지가 일찍 세상을 떠난 것도 그 일과 무관치 않다고 다들 입을 모았다. '그러니까 어머니께서 아주버님 생일날 면회 다녀오시고 며칠 뒤에 있었던 일이었나 봐요. 광주에 투입된 게…….' 엄마도 한 번씩 나름의 짐작으로 옛이야기에 끼어들었다. 가족들 사이에 오가는 큰아빠 군 생활 관련 얘기는 짐작과 추측에 지나지 않았다. 당사자인 큰아빠가 그 일에 관해 얘기한 적이 한 번도 없기 때문이다. 가족 모두, 아니 이제는 온 국민이 다 아는 일이건만 정작 큰아빠는 지금껏 자신이 겪은 일을 털어놓은 적이 없다.

'누구는 없던 일까지 보태 가며 잘도 늘어놓더만 우리 아들은 무슨 철통 자물쇠라도 가슴에 채웠는지, 원.' 군대서 조기 제대한 큰아빠는 대학으로 다시 돌아가지 못했다. '시간이 지나면 나아질 줄 알았지. 일 년이 가고 이 년이 가고, 십 년, 이십 년, 삼십 년……. 저 돌부처의 속마음을 어이 알꼬. 아마 저 상태로 무덤까지 갈 모양이다.' 할머니의 넋두리는 바람 같았다. 한탄도 체념도 바람처럼 수시로 왔다가 흔적도 없이 사라졌다.

"민서야, 어서 오니라. 밥 먹자."

할머니 말과 함께 실내가 환해졌다. 거실 등이 그제야 켜진 모양이었다.

생일 음식으로 그득한 교자상이 어느새 거실에 떡하니 놓였다. 다섯 개의 찬합에 담긴 음식과 김이 모락모락 나는 흰쌀밥과 미역국이 나란히 놓여 있는, 누가 보더라도 잘 차려진 생일상이었다. 상 위의 음식은 할머니가 군대에 있던 큰아빠 면회 때 만들어 갔던 바로 그 음식들이다. 큰아빠 생일에 맞춘 면회라 할머니는 찬합에 차곡차곡 생일 음식을 담아 갔다고 했다. '군대 밥이 얼마나 허술했는지 5단 찬합에 든 음식을 깨끗이 비우더라고. 입 짧은 우리 큰아들이 그렇게 맛있게 먹는 모습은 내 살다 살다 처음 봤니라.'

면회 때의 그 음식이 큰아빠 생일상 차림의 표준이 된 것이다.

"민서야, 어서 오래두."

할머니의 부름에 민서는 여전히 새우처럼 웅크리고 누워 고개만 가로저었다. 두통도 메스꺼움도 완전히 가라앉지 않았다.

"아니, 야가 뭔 일이 있었나? 핏기도 없고 얼굴이 하얗게 질렸네."

그제야 민서 얼굴의 눈물 자국을 알아챈 할머니는 가까이 다가와 민서의 이마를 손으로 짚어 보고 양쪽 뺨을 이리저리 만져 보았다.

"왜 그래? 엄마나 아빠가 야단치던? 아니면 오다가 뭔 일 있었던 거라?"

민서는 둘 다 아니라는 뜻으로 고개만 가로저을 뿐이었다.

"밥을 먹어야 기운이 나지. 그러잖아도 니 에미가 아침 안 먹여 보냈다고 챙겨 먹이라더만."

할머니가 민서를 억지로라도 일으켜 세우려 하자 민서는 점점 더 몸을 웅크리며 소파 등받이 쪽으로 돌아누웠다.

"냅두세요, 어머니. 먹고 싶을 때 먹게."

큰아빠의 조용한 만류에 할머니는 손을 거두었다.

민서는 큰아빠가 자기 속을 훤히 들여다보고 있는 것 같았다. 위안이 되면서도 한편으로는 속내를 들킨 것 같아 찜찜했다.

조로록. 은빛 주전자에 담긴 청주가 경쾌한 소리를 내며 잔에 따라지는 소리가 이따금 들렸다. 큰아빠는 한쪽에서 술잔을 비우고 할머니는 먹거리 챙기러 이따금 주방을 오가고……. 민서에겐 어릴 적부터 익숙한 집 안 풍경이다. 이렇듯 나른하고 무료할 정도로 평온한 게 원래 할머니 집 분위기였다. 이런 일상의 공기가 숨 막히듯 갑갑하게 느껴지기 시작한 것도 곰곰 되짚어 보면 큰아빠와 아빠의 다툼이 결정적이었다. 재건축 관련 문제 말고도 두 사람이 심하게 부딪친 일이 또 있었다. 5·18 민주화 운동 관련 보상 문제가 나왔을 때였다. 아빠가 준비해 온 신청 서류에 당사자인 큰아빠가 서명을 하지 않겠다고 고집을 부렸던 것이다. 온 가족이 번갈아 가며 설득했지만 큰아빠는 완강했다.

'평생 이렇게 살 거야, 형은? 어머니 생각도 해야지.'

아빠가 작심하고 따지고 들자 할머니가 놀라 손사래 치며 말리고 나서던 걸 민서는 또렷이 기억한다. 아빠의 끈질긴 설득과 항의에도 큰아빠는 '돌부처'라는 별명에 걸맞게 꿈쩍도 하지 않았다.

'나라가 보상을 해 준다잖어. 이번 한 번만 가족들 의견 받아들여라. 이 에미를 봐서라도.'

할머니까지 나서서 간청했을 때도 큰아빠는 묵묵부답이었다.

'형은 엄연한 피해자라고. 형만 피해자야? 우리 모두 피해자라고. 형은 그렇다 쳐도 어머니 인생은 뭐야. 그리고 나는? 그게 나한테서 끝나? 다음에는 민서한테로 넘어갈 거 아냐!'

정확한 내막은 몰라도 민서는 큰아빠 일이 언젠가는 자신에게도 영향을 미칠 수 있다는 걸 그때 처음으로 알았다.

그해 겨울 내내 아빠는 커다란 바위 앞에서 1인 시위 하는 사람 같았다. 큰아빠가 끝까지 고집을 부리자 결국 아빠가 큰아빠 멱살을 잡는 일까지 갔다. 그때 처음으로 큰아빠는 울부짖듯 외쳤다.

'그걸 어떻게 보상해? 국가가 어떻게 보상하냐고! 돈으로? 웃기지 말라고 그래!'

*

디―잉 동! 디―잉 동! 초인종 소리가 느닷없이, 하지만 가라

앉은 분위기에 생기를 불어넣으며 울렸다. 주방에 있던 할머니가
현관을 향해 다가갔다.

"세상에, 어째 한 해도 안 거르고, 이렇게……."

할머니가 케이크 상자를 들고 들어서며 말했다.

이날이면 어김없이 배달돼 오는 생일 케이크다. 거기에 얽힌 이
야기도 민서는 알고 있다. 맨 처음 그 케이크가 배달돼 왔을 땐 큰
아빠가 거절했다고 했다. 난처해진 배달부가 케이크를 그냥 대문
앞에 놓고 가 버리는 바람에 온종일 동네 개미들이 할머니 집 대
문 앞으로 꼬여 들었다는 것, 그래서 첫 케이크는 동네 개미들 차
지였다고 했다. 두 번째와 세 번째 케이크는 큰아빠가 직접 쓰레
기통에 던져 넣었지만, 그 후에도 케이크는 어김없이 배달돼 왔
다. 나중에는 그것이 할머니 손을 거쳐 민서와 영서 차지가 되었
다. '누가 보내는 걸까?' 한번은 영서 누나가 케이크를 먹으며 호
기심을 드러냈다. '너네 큰아빠야 알겠지, 누가 보냈는지.' 엄마가
주위를 살피며 속삭이듯 말했다.

"민서야, 너 좋아하는 케이크다. 안 먹을 텨?"

할머니가 케이크 상자를 들어 보이며 민서를 유혹했다.

민서가 여전히 고개를 가로젓자 할머니는 그걸 텔레비전 옆에
올려놓았다. 브라운관 텔레비전을 가운데 두고 왼쪽에는 큰아빠
대학 입학 사진이, 오른쪽에는 케이크 상자가 나란히 놓였다. '모
르긴 해도 한때 사귀던 여자였을 거라.' 언젠가 할머니는 큰아빠

가 없는 데서 케이크 보낸 사람을 짐작하며 말했다. '입학식 때 우리도 잠깐 봤니라. 사진에는 없지만 저 꽃다발도 그 처자가 사 온 거고…….' 사진을 가리키며 할머니는 긴 한숨을 내쉬었다. '저 사진도 그 여자가 찍어 준 거였잖아요, 어머니. 분홍 원피스에 긴 머리 아가씨.' 아빠도 할머니 기억을 일깨우며 한마디 보탰다.

하루는 할머니가 케이크를 자르려다 말고 멈칫했다. '이것 때문인가? 죽어도 이 집을 포기 못하겠다고 하는 게…….' 혼잣말하듯 중얼거리며 할머니는 한동안 생각에 잠겼다. 포크를 들고 기다리던 영서 누나가 재촉하자 그제야 정신을 차린 할머니는 케이크를 자르기 시작했다.

민서의 눈길이 다시 사진으로 향했다. 그 전까지는 사진에 찍힌 사람만 보였는데 이젠 사진을 찍어 준 사람까지 눈에 어른거렸다.

"케이크는 이따 집에 가져가서 누나랑 같이 먹어라."

할머니는 중요한 또 한 사람을 잊고 있었다는 듯 민서에게 일렀다.

그 말에 민서는 오던 길에 있었던 일을 다시 떠올렸다. 사고 현장의 기억이 다시 생생해지자 집에 돌아갈 일이 막막하게 느껴졌다. 놀라 갈피를 못 잡던 그 순간, 누군가의 다급한 외침이 들리지 않았다면, 그 자리에 민서 혼자였다면, 그랬더라도 그곳을 그냥 지나칠 수 있었을까? 민서는 그러진 못했을 거라는 걸 잘 알고 있었다. 하지만 혼자서 대체 어떻게……? 휘발유 냄새와 함께 처참

한 광경이 자꾸 상상되어 속이 울렁거렸다. 만일 그 자리에 큰아빠와 함께였더라면, 큰아빠는 예전처럼 또 민서를 감싸고 서둘러 그 자리를 피했을까……?

"장남, 어서 드시게. 빈속에 술만 들이켜지 말고."

할머니는 다시 데워 온 미역국을 큰아빠 앞에 놓았다.

스무 살 아들의 왕성한 식욕을 다시 한번 보고 싶은 어머니의 간절함이 깃든 말이었지만 민서의 기억에 큰아빠가 생일상 앞에서 식욕을 보인 적은 한 번도 없었다.

"민서야, 케이크 안 먹어?"

누나와 같이 먹으라 했던 것도 벌써 잊은 듯 할머니가 말했다.

"어머니도 참."

큰아빠가 너털웃음을 지었다. 할머니의 집요함을 지적한 것인지 아니면 깜박깜박하는 기억력이 안타까워 짓는 웃음인지는 알수 없었다.

민서는 할머니가 밥그릇을 들고 따라다니며 떠먹이던 어릴 적 기억을 떠올렸다. 때로는 큰아빠가 할머니를 대신해 밥을 먹여주기도 했다. 할머니와 다른 점이라면 큰아빠는 민서가 고개를 저으면 바로 숟가락을 거두었다. 아이에게 밥 한 숟가락도 강요하지 못하는 심성이었다.

"큰아빠, 부탁이 하나 있는데요……."

민서가 머뭇거리며 애기를 꺼냈다.

큰아빠는 민서에게로 고개를 돌린 채 다음 말을 기다렸다.

"이따, 집에 갈 때…… 같이 가 줄 수 있어요?"

민서는 왔던 길을 혼자서 갈 자신이 없었다. 아니, 그보다는 큰아빠와 같이 가 보고 싶었다. 예전처럼 큰아빠와 다시 그 길을 걸어가면 어떨까? 그 상황에 다시 한번 처한다면, 무엇보다 큰아빠가 곁에 있으면, 뭔가 달라질 수도 있을 것 같았다. 이전과는 분명 다를 것 같았다. 아니 달라야 할 것 같았다.

큰아빠는 이유도 묻지 않은 채 고개를 끄덕여 보였다.

허락을 얻고 나니 민서는 가슴을 짓누르던 바윗덩이에서 풀려난 기분이었다. 두통도 메슥거림도 신기하게 가라앉았다. 용기 혹은 자신감 같은 것이 조금씩 싹트는 느낌이었다. 민서는 소파에서 일어나 케이크 상자가 있는 쪽으로 갔다.

"어이구, 우리 민서, 이제 입맛이 돌아왔나 보구나."

할머니 목소리에도 생기가 실렸다.

민서는 케이크 상자를 가져와 상 위에 올려놓았다. 상자에 같이 들어 있는 양초와 성냥부터 챙겼다. 초를 보면서 민서는 처음으로 큰아빠 나이를 알게 되었다.

"큰아빠 나이가 정말 이렇게 많아요?"

느닷없는 민서의 질문에 분위기가 썰렁해졌다.

고개를 끄덕여 보이던 할머니 얼굴이 차츰 일그러지더니 할머니는 마침내 상을 등지고 돌아앉았다.

큰아빠는 옆에 있던 담배를 집어 들고 일어나더니 마당으로 나갔다. 화단을 바라보며 또다시 담배를 피웠다.

"큰아빠, 촛불 꺼야 해요!"

민서는 큰소리로 외치고는 초에 하나씩 불을 붙였다. 가늘고 긴 초와 굵고 짧은 초가 서로 높이를 달리하며 빛의 나무들처럼 케이크를 장식했다. 민서는 마당에서 담배를 피우는 큰아빠와 상을 등지고 앉은 할머니를 번갈아 바라보았다. 케이크의 촛불은 주인을 기다리며 조용히 타올랐다. 초가 다 타 버리면 어쩌나, 민서는 초조했다.

"촛불 끄기 전에 소원부터 빌어야 해요."

어느새 상 앞에 돌아와 앉은 큰아빠에게 민서는 조건을 하나 더 붙였다.

할머니도 생일상을 향해 다시 돌아앉았다.

큰아빠는 민서의 말에 알았다는 듯 눈을 잠시 감았다 떴다.

"이제 꺼도 돼?"

"네."

민서의 말이 떨어지기 무섭게 큰아빠는 횟ㅡ 휘파람 불듯 촛불을 껐다. 단번에 촛불이 꺼졌다. 민서가 감탄하며 박수를 쳤다. 아슬아슬했던 만큼 감동이 컸다. 초들이 사라지자 케이크 중앙을 장식하고 있던 글자가 또렷이 드러났다.

'축! 생일.'

모두의 시선이 초콜릿 글자에 한동안 머물렀다.

큰아빠가 자리에서 일어나 거실 창 쪽으로 가더니 창문을 활짝 열어젖혔다. 오월의 봄기운이 기다렸다는 듯 집 안으로 넘실넘실 밀려들었다.

"어서 잘라라, 민서야. 한 쪼가리 먹어 보게."

할머니가 어린애처럼 보챘다.

민서는 큰아빠 소원이 뭐였을까 생각하며 빵칼로 케이크를 자르기 시작했다.

병원 앞에 서는 순간 진서는 맥이 빠졌다. 아직 병원 문이 열리지 않은 것이다. 품에 안은 진주부터 살폈다. 사흘째 물 한 방울 못 삼킨 녀석의 몰골이 거의 좀비 수준이었다. 퀭한 눈에 눈곱이 끼고 눈동자도 흐릿해졌다. 눈꺼풀 들어 올릴 힘도 없는지 눈도 간신히 깜박거렸다. 휴지 뭉치처럼 가벼운 몸이 바르르 떨릴 때마다 진서의 심장도 같이 떨렸다.

엄마, 아직 병원 문 안 열었어. 오전 수업은 물 건너간 거 같아. 담임 샘한테 연락 좀……

문자를 찍는 내내 엄마 반응이 눈에 선했다. 원망이 진서 자신이 아니라 진주에게로 향할 게 뻔했다. 문자를 보내고 난 진서는 한 걸음 물러나 닫힌 병원 문을 바라보았다.

'은행나무 동물병원'

현판이 없다면 고궁이나 한정식집으로 착각할 것 같았다. 넓은 마당엔 은행나무가 우뚝 솟아 있고, 그 주위를 나직한 돌담이 에 워싸고 솟을대문까지 딸려 있는 한옥식 동물병원이었다.

옛날에 한의원으로 시작해 7대째 이어 온 의사 가문이라거나, 원래는 산부인과로 유명했으나 원장이 첫아이를 잃고 산부인과 간판을 내렸다는 것, 그로부터 십수 년 뒤 동물병원으로 새로 개 원했다는, 사실과 전설이 뒤섞인 듯한 소문이 전해 오는 동네 병 원이었다. 담장 위로 우뚝 솟은 은행나무가 '이 병원에 얽힌 소문, 그거 실화야.'라고 일깨워 주는 듯했다. 나무는 오랜 세월 이 집안 의 시시콜콜한 일들을 다 보며 자라 왔다는 듯 수십만 장의 황금 이파리를 훈장처럼 두르고 거대한 자태로 서 있었다. 이 병원, 아 니 이 동네의 랜드마크로도 나무랄 데 없는 존재감이었다.

"저거 봐, 멋지지?"

진서는 은행나무를 보여 주려 품에 안은 진주를 꺼냈다. 찬 공 기에 놀란 듯 녀석이 몸을 움츠리며 바르르 떨었다. 진서는 다시 진주를 점퍼 속에 들이고 옷깃을 꼼꼼히 여몄다. 간간이 불어오 는 가을바람이 제법 맵찼다.

"아침 댓바람부터 웬일로?"

낯선 말소리에 진서는 고개를 돌렸다. 검은 운동복 차림의 아저씨가 골든리트리버와 함께 다가와 있었다. 반사적으로 진서는 진주를 더 감싸며 뒷걸음질쳤다. 원래 리트리버는 순한 견종이지만 큰 몸집이 위협적으로 보였던 것이다. 아저씨는 병원 대문 앞으로 성큼 다가서더니 문부터 열었다.

솟을대문이 활짝 열리자 병원 마당이 빛의 제국처럼 펼쳐졌다. 은행잎이 황금 카펫처럼 깔린 마당 한가운데에 아름드리 은행나무가 우뚝 솟아 있었다. 밖에서 보던 것보다 마당은 훨씬 넓고 나무는 거대했다. 황금 물결 뒤로는 날렵한 처마 선을 가진 한옥이 서 있었다. 환상의 그래픽을 자랑하는 게임의 한 장면 같은 풍경이었다.

"오백 살 먹은 나무야."

대대로 전해 오는 집안의 보물 자랑이라도 하듯 아저씨가 나무를 가리키며 말했다. 나무는 이 아저씨가 유서 깊은 가문의 후손이자 이 병원의 원장이라는 사실을 확인시켜 주는 보증 수표였다. 아저씨는 리트리버를 은행나무 밑으로 이끌더니 굵고 튼튼한 가지에 줄을 묶었다. 녀석은 나무의 호위 무사라도 되는 듯 그 주위를 어슬렁거리기 시작했다.

"준비하는 동안 잠깐만 기다려."

원장은 그렇게 이르고 진료실이 있는 한옥 건물로 향했다. 멀어져 가는 그의 뒷모습 위로 은행 이파리들이 표표히 떨어져 내렸다. 그는 건물이 아니라 아득한 시간 속으로 사라진 것처럼 보였다. 진서는 나무 주위를 어슬렁거리는 리트리버와 함께 빛의 제국이라는 가상 현실에 갇히기라도 한 것 같았다.

코끝에 스치는 쾨쾨한 냄새가 진서를 일깨웠다. 정신을 차린 진서는 손으로 진주의 아랫도리부터 더듬어 보았다. 녀석의 앙상한 엉덩이뼈와 부석부석한 털만 손에 만져질 뿐 별다른 낌새는 없었다. 사흘 내내 물 한 모금 못 삼켰으니 똥이든 오줌이든 내놓을 게 있을 리 없었다. 냄새의 원인을 찾아 주위를 아무리 살펴도 의심이 갈 만한 건 보이지 않았다. 은행알도 열리지 않은 데다 담장 옆에 자리한 개집 주변도 말끔했다. 진주를 처음 봤을 때 진서가 했던 말이 떠올랐다. '똥은 누가 치우고?' 그것이 녀석을 향한 첫마디였던 것이다. 관계의 첫 단추가 끼워진 그날은 진서의 열세 번째 생일이었다.

*

"자, 생일 선물!"

아빠가 들고 온 낯선 가방에서 뜻밖의 선물이 나왔다. 작은 개한 마리였다. 황토색 털에 고슴도치 사촌쯤 돼 보이는 외양이었다. 덜 뻣뻣한 털을 가진 고슴도치라고나 할까. 애견다운 구석이라곤 손톱만큼도 찾아볼 수 없었다. 알고 보니 유기견 보호소에서 데려온 개였다.

"당신도 참, 아들 생일 선물로 어떻게 개를, 그것도 유기견
을……."

엄마는 눈을 흘기며 케이크 상자부터 식탁으로 옮겼다.

"보호소에서 완벽하게 점검 끝낸 상태야."

아빠가 엄마를 안심시키며 말했다. 엉뚱한 일 벌이기에 선수
인 아빠 성향을 잘 알면서도 엄마는 유난히 까칠하게 나왔다. 지
난 성탄절에는 빌딩 입구에나 어울릴 법한, 어른 키보다 높은 관
음죽 화분을 아빠가 크리스마스트리용으로 사 왔다. 고향집 뒷산
대숲이 생각난 모양이라며 엄마는 트리 장식을 하는 내내 아빠의
복고풍 취향을 나무랐다. 아빠의 관심사는 고향이나 옛 추억과
관련한 것에 더해 '생물'형인 게 특징이었다. 엄마는 정반대였다.
유행을 좇는 데다 '공산품 추구'형, 그것도 철저하게 실생활형이
었다. 엄마가 아빠 취향을 더 못마땅해하는 건 아빠가 벌인 일의
뒷감당이 언젠가는 엄마에게 넘겨진다는 데 있었다. 관음죽 화분
돌보기도 결국 엄마 몫이 되었다. 물 조절을 잘못해 끝내 말라 죽
었지만…….

"진서 너, 예전부터 동생 갖고 싶다고 했잖아."

강아지를 데면데면 쳐다보고만 있는 진서에게 아빠가 말했다.
그 말에 놀라 이번에는 진서가 아빠를 쳐다보았다. 동생을 원하
긴 했지만 그 동생을 개와 연결시킨 적은 한 번도 없었다.

"똥은 누가 치우고?"

무심결에 뱉은 진서의 첫마디였다.

그러자 엄마도 기다렸다는 듯 나섰다.

"삼촌네 반려견 얘기 잘 알지, 당신? 양육비 엄청나다는 거. 그집, 아직 애도 안 낳고 월세 살고 있잖아."

엄마는 삼촌 집을 예로 들며 또 다른 문제를 꺼냈다.

"그건 개를 개답게 안 키워서 그래. 예전 우리 집 쫑처럼 키우면 아무 문제 없어."

아빠는 고향집 마당에서 키웠다는 개 얘기를 꺼냈다.

"애견을 깡촌 사람들처럼 마당 개나 똥개 취급하겠다는 거네. 동물병원이나 애견 숍 같은 건 없는 셈 쳐야 한다는 말 아냐, 요즘 같은 세상에?"

엄마의 지적이 현실적이었다.

"그런 건 개를 위한 게 아니라 개 주인의 자기만족이지. 학교 수업만으로는 불안해서 애들 과외시키는 학부모처럼 말이야."

애견 문제가 사교육 시장으로 넘어갈 조짐이었다.

"여튼 거실에 들여놓는 건 안 돼. 나 기관지 약한 거 당신도 잘 알지?"

엄마는 냉정하게 선을 그었다. 체질 문제 외에도 엄마는 맞벌이에 살림까지 하느라 뭔가를 돌볼 여력은 없음을 거듭 강조했다. 아빠가 벌인 일이 나중에는 엄마 몫이 된다는 걸 숱하게 겪었던 것이다.

겁먹은 눈으로 웅크리고 있던 아빠의 '제2의 쫑'은 베란다 맨 구석에 자리 잡았다. 거실 유리문이 삼팔선처럼 사람과 개의 영역을 나누었다. 엄마는 그때부터 베란다 근처에 얼씬도 하지 않았다. 진서도 학교 갔다 오면 자기 방에 틀어박혀 게임하느라 다른 건 안중에도 없었다. 엄마 아빠의 취향이 서로 다르듯 진서의 관심사도 엄마 아빠와는 차원부터 달랐다. 자연히 강아지 뒤치다꺼리는 아빠 몫이 되었다.

"아들, 진주 똥 네가 치웠어?"

하루는 아빠가 은근히 기대 어린 목소리로 물었다. 진서는 '내가 왜 개똥을 치워?'라는 듯 눈을 동그랗게 뜨고 고개만 가로저었다. '진주'라는 이름으로 은근슬쩍 한식구임을 강조하려는 아빠의 속내도 못마땅했다.

아빠는 다시 엄마에게로 눈길을 돌렸다.

"나도 아냐. 난 개한테 아무 관심 없어."

엄마도 손사래 쳤다. 그럼에도 엄마는 '걔'가 아니라 '개'라며 은근히 식구로 인정하는 눈치였다.

지난 한 주간 똥 치운 사람이 아무도 없자 아빠는 고개를 갸웃했다. 그날 한나절 내내 아빠는 베란다만 살폈다.

"허 참, 진주 녀석, 그동안 제 똥을 스스로 먹어 치운 모양이네."

아빠가 마침내 진실을 밝혀냈다.

"세상에!"

엄마는 얼굴을 찡그리며 고개를 돌렸다.

"체질이 완전히 친환경 시스템인걸."

쫑의 기억에 사로잡힌 아빠는 개가 똥을 먹는 일도 대수롭지 않게 여겼다. 아빠의 고향집 쫑은 엄마 지적대로 마당 개이자 똥개였던 게 분명해 보였다. 어린 시절 아빠가 시골에서 개를 키웠던 경험에 따르면 개는 주인 거처에서 멀찍이 떨어진 마루 밑이나 대문 앞이 제자리이고, 주인이 먹고 남긴 음식이 먹이이며, 자나 깨나 집과 주인을 지키는 충견이어야 했다. 로봇의 3원칙처럼 인간을 섬기는 그런 동물적 감각이 몸에 밴 개라야 사고를 안 친다는 나름의 과학적 근거도 갖고 있었다. 아빠는 공동 주택이라는 조건상 어쩔 수 없이 마당 대신 베란다로, 잔반 대신 사료를 먹인다는 정도만 받아들였다. 그런 아빠의 '촌스러운' 의견에 아무도 토를 달지 않았다. 반박할 말이 없어서라기보다는 엄마도 진서도 끼어드는 순간 자기 몫의 일이 늘어난다는 걸 잘 알고 있어서였다.

*

"흠, 심장사상충 예방 접종도 안 했던 모양이네. 거기다 관절염에 유선 종양까지……"

반나절에 걸친 검사가 끝나고 난 다음에야 원장은 첫 운을 뗐다. 심각한 그의 목소리가 강아지를 어떻게 이 지경이 되도록 내버려 뒀냐고 나무라는 것 같아 진서는 뜨끔했다.

"많이 늦었네. 합병증에다 나이도 있고, 사람으로 치자면……."

원장은 적당한 비유를 찾느라 뜸을 들이는 것 같았다.

진서는 긴장한 눈빛으로 다음 말을 기다렸다.

"말기 암 환자라고나 할까. 그것도 고령의……."

뒷말을 얼버무리고 원장은 다시 처치에 들어갔다. '말기 암'이라는 말에 진서는 머릿속이 하얗게 바래는 느낌이었다.

"참, 내가 하려는 건 말이야, 치료라기보다는 응급 처치에 가까운 거야."

원장은 빠뜨렸다는 듯 한마디 더하고 일을 계속했다.

"그러니까 곧 죽을, 아니 살날이 얼마 남지 않았다는 말인가요?"

치료를 끝내고 책상에 앉은 원장에게 진서가 재차 확인하듯 물었다.

"아 그야, 세상도 학교처럼 한번 왔으면 결국은 졸업하게 마련이니까, 사람이든 강아지든……. 조금 빠르고 늦고 그 차이 아니겠어."

비유까지 곁들인 원장의 위로도 진서에게 아무런 위안이 되지 않았다.

창가 자리에 앉은 원장 뒤로 마당이 훤히 펼쳐졌다. 하늘 높이 올라선 해가 쏟아 내는 빛에 은행나무는 더 눈부셨다. 진서는 그

빛마저 난폭하게 느껴졌다.

"꼭 모래시계 같지 않냐, 사금으로 만든……."

표표히 떨어지고 있는 은행잎을 바라보며 원장이 말했다. 의사에서 심리 치료사로 자리를 옮겨 앉기라도 한 것처럼……. 진서가 진주를 다시 보듬어 안고 진료실을 나설 때도 원장은 계속 마당의 나무 타령이었다.

병원을 나서는 진서의 발걸음이 올 때보다 무거웠다. 떨어지는 은행잎도 마당을 어슬렁거리는 리트리버도 그렇게 무심해 보일 수 없었다. 발밑의 은행잎이 모래 알갱이처럼 바스러졌다. 사막을 건너는 기분이었다. 품 안의 진주 녀석마저 휴지 뭉치에서 구름으로, 구름에서 연기로 변해 빠져나가는 것 같았다.

진서는 병원을 등지고 무작정 걸었다. 집도 학교도 잊은 채 걷기만 했다. 어느새 한강이 보였다. 강변 진입로를 찾느라 다리 근처를 살피던 진서는 갑자기 배 아래쪽이 뜨뜻하게 젖어 오는 걸 느꼈다. 정신이 번쩍 났다. 뜨뜻미지근한 기운은 진서의 배를 지나 사타구니 쪽으로 흘러내렸다. 진주 녀석이 오줌을 싼 것이다. 의술의 힘은 놀라웠다. 진서는 희망에 부풀어 서둘러 집으로 향했다.

*

"뭐? 너 제정신이니. 학교를 빼먹겠다니, 그것도 하루이틀도 아니고……?"

엄마의 반응은 예상대로였다.

"결석이 아니고, 현장 체험 학습으로 대체하면 된다니까."

진서가 엄마의 말을 바로잡으며 덧붙였다.

"수업 빠지는 건 마찬가지 아냐. 그리고 네가 초등학생이니? 낼 모레면 고등학생이야."

"그럼, 아파 다 죽어 가는 애를 집에 혼자 둔단 말이야?"

진서도 며칠 고민 끝에 내린 결론이었다. 학교도 시험도 다음 기회가 있겠지만 진주는…….

"강아지 돌보느라 학교 빠지는 것보다는 그게 덜 정신 나간 짓 이다."

엄마는 완강했다.

"그래, 학교는 안 되지. 차라리 내가 회사에 사표를 내는 게 낫지."

아빠가 한술 더 뜨며 나섰다.

"참 나, 가장 역을 나한테 다 떠넘기려고 발뺌하는 거야?"

엄마가 이제는 아빠를 향해 눈을 흘겼다.

"예방 주사라도 한 대 맞혔으면 이 정도는 아닐 거랬어, 의사 선 생님이."

진서의 원망 어린 대꾸에 엄마는 '아니, 네가 언제부터?'라는 눈빛으로 쏘아보았다.

아빠는 마음이 켕기는지 긴장하는 표정이었다.

"처음부터 합의했던 거잖아 다들, 개답게 키우기로."

아빠가 항변하듯 말했다. 진서와 엄마가 처음 개에 대해 보였던 무반응을 여전히 '동의'로 굳게 믿고 있다는 태도였다.

"어쨌든 학교는 물론이고 병원도 더는 안 돼!"

엄마가 쐐기 박듯 말했다. 그날 아침 진서에게 카드를 건네줄 때도 엄마는 동물병원은 처음이자 마지막이라고 몇 번이나 다짐했던 것이다. 진서는 엄마의 약한 호흡기도 어쩌면 돈 문제와 관련이 있는 게 아닐까 하는 의구심마저 들었다.

"개도 아무 집에서나 키우는 게 아냐. 몸과 마음이 다 여유가 있어야지. 재력은 물론이고."

넋두리하듯 말하고 난 엄마는 온종일 서 있었더니 피곤하다며 소파에 쓰러지듯 드러누웠다.

엄마가 일을 시작한 건 진서가 4학년이 되면서부터였다. 아들 학원비 마련. 그것이 엄마가 일을 하는 이유였다. 그때부터 진서는 학교 갔다 오면 학원을 전전해야 했다. 피아노 학원은 오 개월 만에 접었다. 피아노 앞에 앉으면 숨부터 막혀 왔다. 건반을 누르는 게 아니라 숨구멍을 누르는 것 같았다. 영어 학원에서는 원어민 선생은 물론 아이들 앞에서도 말문이 막히는 바람에 나중에는 우리말까지 떠듬거릴 지경이었다. 그나마 태권도장이 적성에 맞았지만 그것도 일 년을 못 채웠다. 다른 친구들이 두어 달 간격으로 흰 띠에서 노란 띠, 파란 띠로 바꿔 가는 동안 진서는 노란 띠를 벗어나지 못했다. 같이 등록했던 경민은 그새 몇 단계나 뛰어올라 빨간 띠였다. 띠 색깔이 계급장이나 다름없는 태권도장에서 녀석은 언젠가부터 진서를 깔보기 시작했다.

"야, 누런 띠 땀띠 박진서, 이거 잡아 봐!"

하루는 경민이 진서 앞에서 빨간 띠를 휘휘 돌리며 놀려 댔다. 투우사가 황소를 열받게 할 때 하는 동작이었다. 빨간 띠가 진서의 뺨을 때리자 진서는 채찍 맞은 소가 된 기분이었다. 진서는 단번에 달려들어 경민을 쓰러뜨렸다. 성난 황소 앞에서는 녀석의 빨간 띠도 소용없었다. 경민이 급기야 도와 달라고 소리쳤고 그걸 본 녀석의 똘마니 둘이 비겁하게 달려들어 진서를 공격했다. 엎치락뒤치락 긴 몸싸움 끝에 경민은 오른팔 골절상을 입었고, 진서는 십자 인대가 끊어졌다.

퇴원과 함께 진서는 태권도장은 물론 친구들과의 관계도 다 끊었다. 그 뒤로는 학교 끝나면 곧장 집으로 와 방에 틀어박힌 채 게임만 했다. 사이버 세상이야말로 정의와 평화의 세계였고, 게임 왕국에서는 진서가 최고의 영웅이었다.

"둘이 빼닮았어. 진주는 애견계의 히키코모리네……."

삼촌은 게임에 빠져 있는 진서와 외딴섬처럼 베란다에 격리돼 있는 진주를 그렇게 연결시켰다. 삼촌과 숙모는 집에 오면 진주와 노느라 베란다를 벗어날 줄 몰랐다.

"형수님, 진주, 우리가 데려다 키우면 안 돼요?"

삼촌이 하루는 엄마에게 넌지시 물었다. 베란다살이를 못 벗어나는 진주가 딱했던 모양이었다.

"삼촌네는 애완, 아니 반려견이 둘이나 있잖아요?"

엄마가 의아해하며 물었다.

"가족이야 많을수록 좋은 거 아닌가요."

삼촌이 아무 문제없다는 듯 말했다.

"저야 대환영이죠, 형님만 찬성하면."

엄마가 아빠 눈치를 살피며 말했지만 아빠는 가타부타 말이 없었다.

그때 진서가 불쑥 끼어들었다.

"안 돼, 진주 내 거야!"

진서는 단호하게 말했다. 강아지 이름을 입에 올린 건 그때가 처음이었다. 엄마도 아빠도 눈을 동그랗게 뜨고 아들을 쳐다보았다. 진서도 머쓱하긴 했으나 이미 엎질러진 물이었다.

"아빠가 내 생일 선물로 준 거라고."

진서는 한 번 더 자신이 주인이라는 사실을 쐐기 박듯 말했다.

아무도 더는 얘기를 꺼내지 않았다. 진서한테 모든 권리가 있다는 걸 다들 인정하는 분위기였다. 또한 강아지에 대한 진서의 태도가 바뀌었다고 여기는 것 같았다. 하지만 그건 진서가 개를 남한테 뺏기기 싫어서 한 말에 지나지 않았다. 그 뒤로도 진서의 태도는 변화가 없었던 것이다.

계절이 또 한 번 바뀌고 겨울이 깊어 갈 무렵이었다.

"곧 한파가 닥칠 텐데. 진주, 괜찮을까."

텔레비전 앞에서 일기 예보를 보던 아빠가 베란다의 진주를 걱정했다.

"가뜩이나 건조한데 집 안에 털까지 날리면 어떡하라고."

엄마가 까칠하게 나오자 아빠는 말없이 다시 텔레비전에 빠져들었다.

"목욕시켜서 저기 다용도실 앞에 두면 되겠네."

진서가 불쑥 나서며 거실 한쪽 구석의 다용도실을 가리켰다.

"아, 그거 좋은 생각이다!"

아빠가 반갑게 맞장구쳤다.

진서와 아빠의 의견 일치가 엄마를 압박한 셈이었다.

"대신 조건이 있어."

엄마도 호락호락 넘어가지는 않겠다는 듯 나섰다.

엄마의 조건은 이랬다. 개집과 다용도실 근처로 진주의 영역을 제한할 것, 털이나 배설물이 눈에 띌 경우 즉각 베란다로 다시 내보낼 것 등…….

"내가 할 일이 더 많아졌네."

아빠는 투덜거리면서도 엄마의 조건을 받아들였다.

거실을 오갈 때마다 진서의 눈길은 다용도실 앞으로 향했다. 가까이서 본 진주 녀석은 그새 유기견 티를 말끔히 벗은 채였다. 부석부석하던 털은 단정하게 정돈되어 반지르르했고 눈은 까만 유리구슬처럼 반짝였다. 그럼에도 아빠 외의 사람을 경계하는 눈빛은 여전했다. 진서가 다가가면 부리나케 제집으로 숨어들었다. 자기 집에 들어앉고 나서야 녀석은 진서를 빤히 쳐다보며 한 번씩 고개를 갸웃했다.

"야, 먹지 마!"

진주 녀석이 자기가 싸 놓은 똥에 막 입을 대려던 찰나였다. 진서는 재빨리 뛰어가 발로 그걸 밀쳤다. 비엔나소시지 크기만 한 덩어리 하나는 굴러가 멀어졌고 다른 하나는 반쯤 으깨져 진서의 발에 들러붙었다. 진서는 깨금발로 급히 화장실로 달려가 샤워기로 발을 씻어 냈다. 휴일이면 종종 아빠가 데리고 나가 배변 훈련을 시키는 것 같았지만 제대로 고쳐지지 않은 것이다.

발을 씻고 화장실에서 나오자 진주 녀석이 목줄 때문에 코앞의 똥을 못 먹어 안달하는 게 보였다. 그 모습이 우습기도 하고 안쓰럽기도 했다. 진서는 티슈로 녀석 앞에 놓인 똥을 집어 변기에 버렸다. 발에 한번 묻히고 나니 개똥을 휴지로 싸서 버리는 건 일도 아니었다.

진서는 주방으로 가 엄마가 차려 놓은 식탁에서 자기가 제일 좋아하는 생선 접시를 빼냈다. 생선 살을 꼼꼼히 발라내서 접시에 담아 진주 앞에 내놓았다. 녀석은 까만 눈동자를 또록또록 굴리며 진서와 먹이를 번갈아 쳐다보았다. 낯선 일이라 어리둥절한 모양이었다. 접시 쪽으로 다가가서도 녀석은 냄새만 맡을 뿐 선뜻 입을 대지 않았다. 몇 번이나 킁킁대다 결국 생선 살 유혹에 넘어갔다. 꼬리까지 흔들어대며 진주는 새로운 먹이를 먹기 시작했다. 그 모습을 바라보고 있으니 진서는 가슴이 뿌듯해 왔다.

"개가 자기 똥 먹는 거, 그거 스트레스 때문이래."
자칭 '개 박사'인 친구가 말했다.
"맞아. 똥 싸면 싫어하는 주인 눈치를 봐서 그런다더라고."
친구들 얘기를 듣고 있으면 진서는 얼굴이 화끈거릴 때가 한두 번이 아니었다. 진주를 본 첫날 자신이 뱉었던 말부터 그랬다. 똥은 누가 치우고? 친구들 앞에서는 진주 얘기를 꺼내 놓을 수도 없었다.

'강아지가 자기 똥을 먹는 버릇이 있어요.'

진서는 반려견 동호회 게시판에 고민을 올려놓았다.
한 시간도 되기 전에 답글이 올라오기 시작했다.

'식분증엔 단연 파인애플이죠. 관절에도 좋고요.'

진서는 강아지가 똥을 먹는 걸 '식분증'이라고 한다는 것도 처음 알았다.

'와사비나 마늘, 아니면 독하게 매운 청양고추를 발라 놓으면 효과 만점이에요!'
'강아지 학교 보내는 게 제일 빨라요. 전문가가 괜히 있는 게 아니니까요.'
'견주가 전문가가 되는 게 제일 나아요.'

저마다의 의견이 다투듯 올라왔다. 진서는 이들 경험을 참고하면 전문가 손을 빌리지 않고도 식분증 문제를 해결할 수 있을 것 같았다. 그날 이후로 진서는 학교가 끝나면 곧장 집으로 와서 강아지 배변 훈련에 돌입했다. 녀석을 면밀히 살피고 있다가 똥을 누고 나면 재빨리 떼어 놓고는 매운 고추즙을 묻혀 놓았다. 매운맛에 몇 번 혼이 난 진주는 그다음부터는 선뜻 자기 똥에 입을 대지 않았다. 코로 킁킁대다가 조금이라도 의심스러우면 그 주위를 맴돌기만 했다. 진서는 진주가 자기 앞가림을 할 줄 아는 것이 기특했다. 그렇게 나쁜 습관이 없어지는 줄 알았는데 나중에 엉뚱한 문제가 생겼다. 녀석이 변비에 걸린 것이다. 사나흘 내내 진주는 쭈그린 채 똥을 누려고 끙끙대기만 했다. 똥이 나오지 않으니나중에는 먹는 것도 꺼렸다.

진서는 다시 게시판에 도움을 청했다. 이전과 마찬가지로 댓글이 꼬리를 물었다. 저마다의 경험이 담긴 변비 관련 식이 요법과 훈련 방법들이었다. 진서는 다음날 하굣길에 마트에 들러 사람들이 알려 준 식재료를 사서 비법을 따르기로 했다. 단호박과 양배추를 믹서에 갈아 즙을 내서 먹이고 시간마다 배를 주물러 주는 일이었다. 그렇게 며칠 꼬박 정성을 들였더니 진주가 다시 똥을 누기 시작했다. 처음엔 염소 똥 같은 게 나오더니 점점 길고 부드러운 걸 내놓았다. 그렇게 변비를 해결하고 나서야 본격적으로 식분증 훈련에 들어갈 수 있었다.

사람들이 알려준 방법으로 삼 개월 만에 진주의 고질병을 고쳤다. '똥개'라는 오명에서 완전히 벗어난 것이다. 자기 이름에 어울리게 변신한 진주는 활동 영역이 더 넓어졌다. 구석에서 거실 한복판으로 옮겨 온 지 일주일 만에 진서는 자기 방에 진주를 들이기로 했다.

"예전엔 눈길도 안 주더니 이제는 대놓고 집착증이네."

엄마가 강아지와 한 방 쓰겠다는 진서를 선선히 허락할 리 없었다. 적어도 일주일에 한 번은 진주를 목욕시키고 똥은 산책길에 해결한다는 조건으로 진서는 간신히 엄마의 허락을 얻었다.

진서는 학교 끝나고 집에 가는 일이 즐거워졌다. 빈집이 아니라 진주가 기다리는 집으로의 귀가였기 때문이다. 진주 뒤치다꺼리는 자연스레 진서 몫이 되었다. 녀석을 돌보고 같이 노는 일에 빠져 게임도 시들해졌다.

"진주가 일등 공신이다."

진서의 열네 번째 생일날, 아빠는 진서가 게임에서 빠져나온 걸 다행스러워하며 진주를 추켜세웠다.

"진주도 진서와 같은 날을 생일로 하는 게 어때? 둘이 나이도 거의 비슷한데."

아빠의 말에 엄마는 어림없다는 듯 눈을 흘겼다.

"강아지 열세 살이면 사람 나이로 환갑이에요."

엄마의 지적에 진서는 사람처럼 개도 늙는다는 걸 처음으로 깨달았다. 환갑이란 단어를 진주와 연결시키기는 어려웠지만 생물학적으로 따지면 엄연한 현실이었다. 케이크 위에 밝힌 열네 개의 촛불이 마냥 밝지만은 않았다.

그날 엄마의 지적은 점점 현실로 다가왔다. 나이라는 숫자가 마술을 부리기라도 한 듯 진주는 기운을 잃어 갔다.

*

"이런 경우는 요리사야, 영양사야?"

진서는 냄비에 담긴 죽을 주걱으로 휘휘 저으며 진주에게 물었다.

주방 한쪽 극세사 방석 위에 웅크리고 앉은 녀석은 진서가 말을 걸 때마다 응답하듯 눈을 치켜뜨고 코를 벌름대며 가르릉거리

134

는 소리까지 냈다. 개가 아니라 고양이처럼 가느다란 소리였지만 그럴수록 주걱을 젓는 진서의 손이 빨라졌다.

병원에 갔다 온 뒤로 영양식 만드는 게 진서의 중요한 일과가 되었다. 재료 고르기부터 조리까지 손이 많이 가는 일이었다. 모든 재료를 갈아 묽은 죽처럼 끓인 다음 맨 마지막에 은행나무 동물병원 원장이 준 묘약을 넣으면 신비의 영양식이 완성되었다. 원장의 선물인 그 묘약은 그도 곁에 두고 한 숟가락씩 떠먹곤 하던 가루였다. "맛 한번 볼래?" 원장은 미숫가루 같은 황갈색 가루가 든 유리병을 진서에게 내밀었다. 손가락으로 살짝 찍어 맛을 보았더니 콩가루처럼 비릿하면서도 고소한 맛이 났다. 진서가 이게 뭐냐고 묻자 원장은 '굼벵이 가루'라고 했다. 순간 속이 메슥거렸지만 그만큼 약효도 클 것 같아서 진서는 아무 내색도 하지 않았다.

영양식을 먹으며 진주는 차츰 기운을 차렸다. 고양이처럼 가르랑거리던 소리도 점점 커지면서 제대로 된 개 소리가 났다. 그 작은 변화에도 진서의 마음은 희망으로 부풀었다. 원장의 조언과 반려견 동호회 회원들이 알려준 내용으로 진서는 재활 프로그램을 직접 짜서 꾸준히 실천해 나갔다. 크게 식이 요법과 마사지, 규칙적인 운동으로 이루어진 프로그램이었다.

직접 만든 영양식을 챙겨 먹이고 나면 진주의 온몸을 마사지해 주어야 했다. 다리는 관절염을 앓고 가슴에 종양까지 있어서 다루는 데 세심한 주의가 필요했다. 원장은 진서에게 마사지 요령도 가르쳐 주었다. 크고 살집 많은 손이긴 해도 원장의 손놀림은 남다른 데가 있었다. 그의 손에 맡겨지면 신기하게도 진주의 눈빛이 평온해지고 표정이 밝아졌다. 진서도 직접 마사지를 해 주며 녀석의 몸 상태를 세세하게 알 수 있었다. 조금씩 커져 가는 가슴의 종양과 갈수록 도드라지는 뼈마디까지 손으로 전해 와 마사지 내내 진서는 가슴이 아릿해 왔다.

마사지가 끝나면 산책에 나섰다. 진주가 자기 발로 걷지 못하니 산책이라기보다는 바람 쐬기라고 하는 게 맞았다. 진주는 식이 요법이나 마사지보다 산책을 더 좋아했다. 밖으로 나서기만 하면 눈을 더 크게 뜨고 생기가 돌았다.

"저 열성이 공부에 꽂혔으면 좀 좋아."

엄마는 진주 돌보기에 진심인 아들을 보면서 한 번씩 우려와 아쉬움을 표했다.

"책 파는 공부만 공분가 뭐."

아빠가 말했다.

온도 차를 보이긴 해도 엄마 아빠 모두 신기해하며 진서를 지켜보았다.

진주가 제대로 된 똥을 눈 건 병원에 다녀온 지 3주 만이었다. 비엔나소시지처럼 단단하고 찰진 그것이 진서에게는 똥이 아니라 황금 열매로 보였다.

"얘가 황금알을 낳았어요, 원장님!"

진서는 감격과 흥분에 사로잡혀 병원부터 찾았다. 진주를 안고 나선 산책길 마지막 코스도 언제나 은행나무가 있는 병원 마당이었다.

그날 원장은 마침 마당에서 삽질 중이었다. 그의 리트리버는 여느 날처럼 나무와 주인 사이를 어슬렁거리고 있었다.

"황금알?"

원장은 진서의 말을 반문하듯 받으며 그 말의 뜻을 단번에 알아챈 것 같았다. 삽을 옆에 놓고 원장은 반가운 표정으로 진주를 찬찬히 살펴보았다. 진찰이라도 하듯 진주의 몸 구석구석을 이리저리 만지고 살폈다. 녀석은 원장의 손길을 동물적인 감각으로 알았다. 표정이 이내 편안해졌다.

"이놈, 복도 많네. 이런 명의를 보호자로 뒀으니."

원장은 칭찬과 함께 진주를 다시 진서에게 넘겼다.

진서는 진주를 안고 서서 원장의 작업을 바라보았다. 그가 파는 구덩이 한쪽 옆에는 리트리버의 똥 무더기가 있었다. 굵고 단단한 리트리버의 황금색 똥이 진서는 그렇게 부러울 수 없었다.

"먹고 싸고 먹고 싸고, 그게 생명 활동의 기본 아니냐, 개든 사람이든."

원장이 똥 무더기를 구덩이에 던져 넣으며 말했다. 동물병원 원장답게 그는 언제나 사람과 개를 나란히 놓았다. 원장은 구덩이에 은행잎과 뒤섞인 흙을 여러 차례 덮은 다음 발로 꾹꾹 밟았다.

일을 마무리한 원장은 이마의 땀을 훔치며 나무를 올려다보았다.

병원에 처음 들어섰을 때 그토록 풍성했던 은행나무 이파리도 그

새 많이 떨어져 점점 가지를 드러내고 있었다.

*

고등학생이 되고 처음으로 치른 중간고사가 끝나는 날이었다.

진서는 시험 끝나고 친구들과 영화를 보러 가기로 돼 있었다.

"얘들아, 우리 집 몽실이가 새끼를 낳았대. 영화는 다음에 보고

우리 집으로 가자!"

A가 엄마랑 통화하고 나더니 환호하며 말했다.

"몇 마리 낳았대?"

B가 눈을 빛내며 물었다.

"네 마리. 한 마리씩 분양해 줄게. 우리 엄마도 여러 마리 낳으

면 다 분양하고 새끼는 한 마리만 키우자고 했거든."

"좋아, 나도 한 마리 줘."

C도 B도 강아지를 분양받겠다고 나섰다.

"진서 너도 한 마리 분양해 줄게."

A가 별다른 내색 없는 진서를 보며 선심 쓰듯 말했다.

하지만 진서는 여전히 아무런 반응이 없었다.

"진서 넌, 강아지 필요 없어?"

B도 다그치듯 물었다.

"응, 됐어. 우리 집은 엄마가 알러지가 심해서 안 돼."

그제야 진서는 자기 생각을 밝혔다.

"아, 그래? 그럼 가서 구경만 해."

A가 상관없다는 듯 말했다.

"그래. 갓 태어난 강아지가 얼마나 귀여운데. 진짜 재밌겠다. 빨리 가자."

친구들이 눈을 빛내며 방향을 잡았다.

"아 아냐. 난 갈 데가 있어서……. 너희들끼리 잘 갔다 와."

진서는 의기투합해 있는 친구들 대열에서 떨어져 나오며 말했다. 진서는 떨어져 나온 자리에 한동안 멈춰 서서는 A의 집으로 몰려가는 친구들 뒷모습을 바라보았다. 다른 친구들처럼 그 일이 선뜻 내키지 않았던 건 아무래도 지난 기억 때문인 것 같았다. 가족처럼 지내다 결국 먼 곳으로 떠나보냈던 진주에 얽힌 기억…….

진서는 한동안 잊고 있었던, 아니 생각하지 않으려고 애썼던 그곳을 떠올리고는 친구들이 갔던 방향과는 다른 곳으로 천천히 걸음을 옮겨 놓았다.

은행나무 동물병원.

어느새 진서는 병원 문 앞에 걸음을 멈추었다. 마당에는 여전히 우람한 자태의 은행나무가 서 있고 그 아래에는 골든리트리버가 나른한 봄볕을 받으며 잠들어 있었다. 병원 이용객이 강아지를 안고 들어가거나 나오는 모습이 보였다. 몇 년 전 가을의 찬란했던 은행나무는 계절이 바뀌면서 계속 옷을 새로 갈아입기를 반복하며 지금은 완전히 다른 분위기였다. 봄을 지나면서 나무는 또다시 변신 중이었다. 물이 오른 나무는 햇살을 받으며 싱그러운 연초록 잎을 가지마다 틔워 내고 있었다.

'수목장? 그거 좋지.' 원장은 진서의 부탁을 기꺼이 들어주었다. 엄마 아빠도 진서의 의견에 선선히 고개를 끄덕였다. 진주가 깃들 보금자리로 은행나무 아래보다 든든해 보이는 곳은 없었다. 화장한 진주의 뼛가루는 은행나무 밑에 묻혔다. 수백 년 묵은 저 나무 밑에는 어쩌면 진서가 생각하는 것보다 더 많은 것들이 거름이 되어 나무를 키우고 있을 것 같았다. 가지를 비집고 나온 투명한 초록의 어린 이파리들이 서로 햇빛을 받으려고 아우성이었다. 아웅다웅 아웅다웅 새잎들의 경쾌한 다툼 소리를 들으며 진서는 동물병원 앞을 천천히 지나갔다.

　청소년소설집은 처음이다. 이전에 발표했던 단편 세 편과 신작 중편을 담았다. 중편 「이상한 나라의 하루: 당근이세요?」는 박태원의 「소설가 구보씨의 일일」에 대한 오마주라 할 수 있겠다. 염치와 결례를 무릅쓰고 원작자의 양해를 구한다면, 「이상한 나라의 하루: 당근이세요?」를 「소설가 구보씨의 일일」의 오늘날 청소년 버전으로 봐 주면 좋겠다. 두 작품을 다 아는 독자라면 과거와 현재를 동전의 양면처럼 맞댄 채 한 번씩 뒤집어 가며 비교해 보면 입체경을 통해 보듯 새롭고 신기한 재미를 느낄 수 있지 않을까.

　저마다 색깔이 다른 작품들을 한 배에 싣고 시간적 배경을 따져 보니 애써 청한 구보 씨의 시대에서부터 우리 현대사의 아픔인 5·18과 온 나라가 환희로 들끓었던 2002 월드컵, 그리고 오늘날 우리 사회의 풍속도인 반려견과 이주자 가족 이야기까지 작품마다 시대의 그림자가 짙게 배어 있다. 다른 점이라면 그 일들을 주인공인 청소년의 시선에서 바라본 것이다.

새싹들이 세상으로 막 발을 내밀려는 봄의 초입에 책이 나오게 되어 기쁘다. 생각보다 순조로운 항해였다. 여러 번 같이 노를 저었던 창비 청소년출판부 사공들과 이번에도 같이 호흡을 맞출 수 있어 행운이었다. 암초를 만나도 해결이 쉬워 유쾌했고 손발이 잘 맞아 일이 편했다. 이 유쾌한 편안함이 독자에게도 전해지면 좋겠다.

2025년 봄
표명희

딸꾹질 …『계간 리토피아』 7호 2003

오월의 생일 케이크 …『5월 18일, 잠수함 토끼 드림』, 우리학교 2020(「생일빵」으로 발표)

개를 보내다 …『개를 보내다』, 창비 2020

창비청소년문학 133

당근이세요?

초판 1쇄 발행 | 2025년 3월 21일

지은이 | 표명희
펴낸이 | 염종선
책임편집 | 이현선
조판 | 박아경
펴낸곳 | (주)창비
등록 | 1986년 8월 5일 제85호
주소 | 10881 경기도 파주시 회동길 184
전화 | 031-955-3333
팩스 | 영업 031-955-3399 편집 031-955-3400
홈페이지 | www.changbi.com
전자우편 | ya@changbi.com

ⓒ 표명희 2025
ISBN 978-89-364-5733-4 43810